KB098019

우리가 본 것

우리가 본 것

나는 유해 게시물 삭제자입니다

하나 베르부츠 소설 HANNA BERVOETS 유수아 옮김

북하우스

일러두기

1. 이 책은 저자의 허락하에 Hanna Bervoets, *Wat wij zagen*(Uitgeverij Pluim, 2021)과 *We Had to Remove This Post*, trans. Emma Rault(Harper, 2022)를 저본으로 삼았다.
2. 본문의 주는 옮긴이 주다.

그래서, 당신이 본 게 어떤 거라고요?

아직도 이런 질문을 해대는 사람들을 어찌나 자주 마주치게 되는지 정말 미칠 지경이에요. 헥사를 나온 지도 벌써 십육 개월이나 지났는데 말이죠. 사람들은 지치지도 않는지, 내 대답이 너무 모호하거나 생각보다 덜 충격적이라서 기대에 미치지 못하면 그저 똑같은 질문을 살짝 다르게 바꿔서 묻고 또 물어요. “그럼, 당신이 본 것 중에서 최악은 뭐였어요?” 박물관의 새 동료인 그레고리는 이렇게 물었어요. “그걸 정확히 어떻게 상상해야 하는 거니?” 이건 메러딧 이모의 질문이었고요. 이모는 오랫동안 우리 엄마

기일에나 겨우 보는 사이였지만 이제는 매달 첫 주 일요일쯤이면 느닷없이 전화해서는 잘 지내냐고 하면서 내가 본 게 정확히 뭐였는지 슬쩍 물어보곤 했어요. "당신한테 가장 크게 영향을 끼친 영상이나 이미지, 게시물을 하나만 뽑아본다면요?" 거기다 아나 박사마저 거들고 있죠. "그 당시에 느낀 감정이나 생각은 어땠나요? 머릿속으로 이미지를 떠올려보세요. 네, 그곳에 앉아서 기분 나쁜 화면을 보고 있는 자기 자신을 말이에요." 이 말을 하면서 아나 박사는 빛이 반짝이는 막대기를 꺼내들기까지 했어요.

그런데 스티틱 씨, 이제는 당신도 이 질문 공세에 동참하시는군요. 요즘 거의 매일 전화해서 '케일리 씨, 시간 있을 때 연락 좀 꼭 주십시오'라고 메시지를 남기고 있죠. 당신은 케일리가 내 성이 아니라 이름이라는 것도 모르는 거예요. 그렇죠? 물론 내 성조차 모르는 이전 동료들에게서 내 연락처와 정보를 얻으셨겠죠. 그런데도 이렇게 묻고 있네요. "그래서, 케일리 씨, 당신이 본 게 어떤 거였나요?"

사람들은 이 질문이 지극히 평범한 질문인 것처럼 아무렇지도 않게 입에 올리지만, 은연중에 끔찍하고 소름 끼

치는 대답을 기대하면서 던지는 질문이 평범하다고 할 수 있을까요? 게다가 진짜 나를 염려해서 질문을 한 것도 아니었을 거예요. 뭐, 그렇게 이상한 질문은 아닐지도 몰라요. 상대방에 대한 관심이 있어서라기보다는 어떻게 살았는지 궁금했던 것뿐일지도요.("그런데 스티틱 씨, 민법이라니… 무슨 소리예요?") 하지만 그레고리나 메러딧 이모, 아나 박사의 경우에는 어느 정도의 충격적인 환상을 기대한다고 볼 수밖에 없겠네요. 그들은 결코 내 대답에 만족하지 못했을 거예요.

나는 어떤 소녀가 아주 무딘 주머니칼로 자기 팔을 쑤시는 실시간 방송을 봤어요. 마구잡이로 쑤셔대서 결국 엄청난 양의 피를 보고야 말았죠. 어떤 남자가 자신의 독일셰퍼드를 발로 세게 차는 영상도 봤어요. 그 불쌍한 개는 냉장고에 쾅 부딪혀서 낑낑댔죠. 내가 본 것 중에는 두 아이가 서로를 노려보면서 위험할 만큼 많은 양의 시나몬을 한꺼번에 입에 욱여넣는 영상도 있었어요. 사람들이 히틀러를 찬양하는 노래 영상도 있었죠. 그들은 부끄러운 줄도 모르고 뻔뻔하게 공개적으로 이웃과 동료, 잘 모르는 사람들 앞에서 히틀러를 찬양해댔어요. 직장 동료들과 임원들에게 보란 듯이, 조그마한 보트에 꽉 차게 들어앉은 이민자들 사진 밑에 '히틀러는 자신이 시작한 일을 마무리했어야 했다'라는 글을 내걸기도 했죠.

그렇지만 이 모든 게 전부 별 볼 일 없는 사례라는 건 알고 계시겠죠, 스티틱 씨? 모두 이전 감수자들이 이야기해서 이제는 전부 신문에 게재된 사례들이니까요. 내가 이런 게시물들을 보지 않았다는 말은 아니에요. 학대당하는 개들이나 나치식 경례, 칼로 자해하는 소녀는 전형적인 영상이죠. 이런 영상들은 너무나 많아서 발에 챌 정도였어요. 어떤 집의 욕실 등이 밤새 켜져 있으면 차갑고 딱딱한 욕실 바닥에 소녀가 홀로 앉아 있는 장면을 떠올리곤 했고요. 하지만 이런 사례는 사람들이 듣고 싶어 하지 않죠. 뭔가 새롭고 자신들은 감히 쳐다도 못 볼 것 같고 전혀 상상도 못 할 법한 것들을 말해주길 원해요. 그래서 그레고리의 질문이 '그럼 그 소녀는 지금 어떻게 됐어요? 당신이 뭐라도 도와줄 수 있었나요?'가 아니라 '당신이 본 것 중에서 최악은 뭐였어요?'가 된 거였겠죠. 맙소사, 사람들은 내 이전 직업이 진짜로 어떤 일인지 전혀 몰라요. 이건 스티틱 씨, 당신 잘못도 있는 거예요. 당신이 내 이전 동료들을 대신해서 소송을 걸었다는 소식이 퍼지는 바람에, 사람들은 우리가 모두 좀비처럼 컴퓨터 화면 앞에 앉아서 스스로 뭘 하는 줄도 모르고 깊게 빠져들었다가 갑작스럽게 수만 가지의 역겨운 이미지 폭탄을 맞아 뇌의 신경회로가 거의 즉각적으로 끊어지는 일을 겪었다고 믿게 되었다고요. 하지만 그런 건 아니었어요. 뭐, 전적으로 모두가 그렇진 않았단 말이죠.

나는 내가 뭘 하는지 알고 있었어요. 아주 잘 숙지하고 있었고 일도 제법 잘해냈어요. 지금도 당시의 규칙을 전부 기억하고 있어요. 텔레비전 프로그램이든 클립 영상이든 일상에서 마주치는 모든 것들에서 거의 직업병처럼 자동적으로 규칙을 떠올리곤 하죠. 저기 어떤 여자가 스쿠터에서 넘어졌어요. 온라인상에 올릴 수 있을까요? 피가 보이면 올릴 수 없어요. 하지만 우스꽝스러운 상황이 확실하다면 가능하죠. 사디즘이 연관되어 있다면 절대 안 되고요. 교육 목적이라면 괜찮아요. 땡, 땡, 땡. 교육 목적으로 결정했어요. 박물관 주차장 출입구는 언제나 엉망진창이니까요. '이런 사고가 일어날 수 있습니다'라는 자막을 붙이면 가능하겠어요. 늘 이런 생각을 하면서 박물관 방문객의 입장권을 확인하는 일을 하곤 하죠. 머릿속으로 이런 규칙들을 떠올린들 뭐가 그리 기쁘겠어요. 하지만 내심 어느 정도는 이 선별 규칙들을 잘 기억하고 있는 나 자신이 뿌듯하기도 하답니다. 이런 말을 듣고 싶은 건 아니실 거예요. 그렇죠?

나는 당신의 이메일에 답장을 보낸 적이 없어요. 전화를 드린 적도 없고요. 이쯤이면 당신이 내 거절의 뜻을 알아들으리라 생각했어요. 당신과는 어떤 이야기도 나누고 싶지 않고, 소송에 동참할 뜻도 전혀 없어요. 당신의 소송에 요만큼도 연관되고 싶은 마음이 없다는 말이에요. 그런데도 당신은 계속 전화를 걸어서 강권했어요. 오늘은 두 번째 편지도 받았고요.(글씨체가 무척 유려하시더군요, 스티틱 씨.)

이해를 못 하는 건 아니에요. 당신은 변호사고, 계속 강권하는 게 당신의 일이죠. 설득력이 아주 대단하시더라고요. 설마 메시지를 남길 때마다 당신의 어투가 어떻게 조금씩 다정하게 변했는지 눈치 채지 못했다고 생각하는 건 아니겠죠? 나는 메시지를 들으면서 당신의 목소리에 점점 익숙해져갔어요. 그래서 당신이 더는 '케일리 씨'라고 부르지 않고 갑자기 '온당한 금전배상'에 대해 말했을 때, 솔직히 소름이 끼칠 정도였어요. 내가 얼마나 돈이 필요한지 이미 파악했다는 말이니까요. 분명히 이전 동료들이 내가 진 채무에 대해 말을 했을 거예요. 이게 사생활 침해인 건 아닌지 무척 궁금하지만, 뭐, 당신이 나보다 더 잘 아시겠죠.

박물관에서 이 년만 더 일하면 모든 채무를 변제할 수 있을 거예요. 수당이 더 나은 공휴일에 잔업을 하면 말이에요. 그래서 부활절이나 박싱데이•에도 일하려고 해요. 싫으니까요. 이전 동료들이 왜 소송을 하려는지 이해하지만 나는 동참할 일이 절대 없을 거예요.

• 크리스마스 다음 날.

요즘 로베르트가 밤에 테러리스트들이 쳐들어와 자신을 납치할까 두려워서 테이저건을 쥐고 잠든다는 사실을 신문으로 접했어요.(신문 기사에는 가명으로 나왔지만, 어느 모로 보나 '티모시'는 로베르트일 수밖에 없어요. 확신해요.) 기사 속 '나탈리'는 커다란 소음이나 밝은 빛, 주변 시야에 갑작스럽게 들어오는 움직임을 못 견딘다고 적혀 있더군요.(이런 증상을 호소하는 동료들은 아주 흔해서 나탈리가 누구인지는 감이 오지 않네요.) 수많은 이전 동료들이 슈퍼마켓 같은 데서 누군가가 뒤에서 다가오면 움찔한다는 것을 잘 알고 있어요. 게다가 어두워질 때까진 침대에 누워 있다가 어두워진 다음에는 날이 밝을 때까지 앉아서 뜬눈으로 밤을 지새운다는 것도, 그래서 늘 피곤함에 절어서 새로운 직장을 찾을 수 없다는 사실도, 밤낮으로 환각을 본다는 것도 잘 알고 있죠. 이 밖에도 입에 담기 싫은 비슷한 증상들이 여럿 있어요. 유감스럽게도 이 중 몇몇은 나한테도 그리 낯설지 않은 증상이고요. 네, 맞아요. 수많은 이전 동료들과 마찬가지로 나도 자발적으로 헥사를 나왔어요. 재차 말하지만, 당신이 왜 자꾸 내 문을 두드리는지 이해한다니까요.

그렇지만 내가 왜 당신의 제안을 받아들일 수 없는지 이해하려면 당신이 나에 대해 먼저 알아야 할 게 좀 있어요. 스티턱 씨, 밤새 나를 잠 못 들게 하는 이미지는 피 흘리는 소녀의 끔찍한 사진이 아니에요. 난도질을 하거나 참수형을 당하는 동영상도 아니고요. 나를 불면증에 시달리게 하는 건 가장 소중했던 동료인 시흐리트의 모습이에요. 시흐리트가 벽에 기댄 채 축 늘어져서 숨을 가쁘게 쉬고 있는 모습 같은 이미지야말로 내가 정말로 머릿속에서 지우고 싶은 이미지랍니다.

그래서 지금 당신에게 제안서를 쓰려고 해요. 뭐, 해결책이나 합의서라고 봐도 무방해요. 지금부터 내가 헥사에서 일한 수개월간의 경험을 말해줄게요. 내 업무와 선별 규칙들, 그 악명 높은 처참한 노동 조건들까지, 한마디로 당신이 흥미로워할 이야기들을 말이에요.

그런 다음 내가 왜 헥사를 떠나게 되었는지를 알려줄게요. 아무한테도 말할 적 없지만, 아주 솔직하게 완전히 다 털어놓을게요. 그러면 스티턱 씨, 내가 왜 당신의 의뢰인이 되지 않으려고 하는지 이해하게 될 거예요. 어쩌면 나를 도우려던 마음이 싹 달아날지도 모른답니다.

그 대신 내가 원하는 건 당신이 입을 닫고 나를 가만히 내버려두는 것뿐이에요. 이메일도 전화도 방문도 절대 하지 말아주세요. 이전 동료들이 나에 관해 묻는다면 그냥 내가 외국으로 이민 갔다고 하세요. 어떤 핑곗거리든 좋아요. 당신한테는 그리 어려운 일도 아니잖아요. 그렇죠?

하지만 이 편지가 공식적인 증언서는 아니라는 걸 유념하세요. 어떤 경우에도 피고의 이름은 언급하지 않을 거예요. 아시다시피, 그렇게 하면 계약 위반이 되니까요. 미리 다 알아봤답니다. 내 법적 상황은 잘 알고 있어요. 그러니 다시 한번 더 강조할게요. 나는 어떤 소송도 제기하지 않을 거예요. 이건 그저 내 이야기를 당신에게 들려주는 것뿐이에요. 이번 한 번만요.

10월 감수팀에는 열아홉 명이 있었어요. 우리는 일을 시작하기 전에 모두 의무 연수 과정을 거쳐야 했어요. 연수 주간 때 가장 기억에 남는 사람을 꼽으라면 단연 알리서였어요. 우리 대부분보다 족히 서른 살은 더 들어 보이는 금발 머리 여자로 목발을 짚고 다녔죠. 담배 휴식 시간에 알리서는 이 일을 하기 전에 사회복지사로 일했다고 말하더군요. '저런 사람이 왜 여기에서 일하지?' 싶었던 기억이 나네요.(나중에 시흐리트가 말하길, 나에 대해서도 똑같이 생각했대요. '도대체 이 케일리라는 여자는 여기에서 뭘 하는 거지?'라고. 시흐리트는 내가 단번에 눈에 띄었고

흥미로웠다고 했어요. 누구도 상관없다는 듯이 짧은 머리에 주름진 티셔츠 차림을 한 내가 엄청 섹시해 보였다나요?) 연수 주간 동안 나는 컴퓨터 화면을 훑어보면서 알리서를 흘끔흘끔 쳐다보곤 했어요. 알리서는 언제나 업무에 완전히 몰두하고 있는 듯 보였어요. 알리서의 책상에는 늘 목발이 비스듬히 세워져 있었고요. 나는 휴식 시간이면 습관처럼 알리서를 찾아가곤 했죠. 알리서는 우리 엄마랑 비슷한 나이였는데 왠지 모르게 끌렸어요. 꼭 성적인 끌림이라고는 할 수 없었고요. 알리서는 말이 거의 없었고 글을 읽기 힘들어했어요. 사흘째 되던 날, 알리서가 껌을 씹는 사람들이 추접스럽게 느껴진다는 말을 꺼냈는데("그 질감이 콧물을 씹는 것 같잖아요") 그 말을 듣자마자 씹고 있던 스티모롤• 껌을 냉큼 삼켜버린 적도 있답니다.

나는 우리 팀에서 알리서 말고 다른 사람들과는 대화를 나누지 않았어요. 친구를 사귀러 온 게 아니니까요. 어쨌든 이전 직장에서처럼 엉망진창으로 말아먹을 수는 없

• 덴마크의 껌 브랜드.

지 않겠어요? 뭐랄까, 그땐 너무 사교적으로 구는 바람에 신용카드가 다 막혀버렸거든요. 헥사에 지원하게 된 주된 이유도 당시에 일하던 콜센터보다 20퍼센트나 더 높은 시급을 주기 때문이었죠. 구인 광고에는 시급 말고는 별말이 없었어요. 기껏해야 간단한 요건으로, 헥사에서 찾고 있는 인재는 '품질 보증 관리자'라고 적혀 있었죠. 이게 무슨 뜻인지 그 자리에서 당장 찾아봤어야 했는데, 당시에는 20퍼센트 높은 시급에 눈이 멀어 쓰레기를 줍는 일을 하게 된다고 해도 아주 달갑게 받아들이리라는 생각뿐이었어요. 간이 면접에서는 헥사가 하청 업체일 뿐이라는 말을 들었죠. 실제로 하게 될 일은 어느 영향력 있는 미디어 대기업을 위한 '콘텐츠 평가'였어요. 내가 계약서를 보기도 전부터 어떤 경우에도 회사명을 언급해서는 안 된다고 권고받은 바로 그 대기업 말이에요. 나는 곧바로 이 미디어 플랫폼(당신의 피고인 대기업)에서 우리의 모든 규칙과 업무 시간, 가이드라인을 정한다는 사실을 알게 됐어요. 그리고 우리가 검토할 모든 게시물과 이미지, 영상 들은 이 플랫폼과 자회사의 사용자들이나 봇에 의해 '유해'

하다고 보고된 것들이라는 사실도요. 연수 주간 첫날에 우리 10월 감수팀은 아주 기운차고 의욕적인 태도로 실제 고용 기업의 이름을 입 밖에 내지 않으려고 최선을 다했어요. 뭐, 우리 연수 조교들이 거침없이 이 대기업의 이름을 언급하는 모습을 보기 전까지는 말이죠. 남자 조교 한 명, 여자 조교 한 명이었는데, 이들도 처음에는 감수팀에서 일을 시작했다고 해서 이런 종류의 승진이 가능하다는 사실을 은연중에 파악할 수 있었죠.(우리 감수팀의 몇몇 사람들에게는 헥사에서 더 오래 일할 수 있는 확실한 동기부여가 된 셈이었어요.) 조교들 말로는 이 플랫폼이 회사명 언급에 그리 민감하지 않다고 했어요. 이 말에 곧바로 우리는 모두 바깥세상에서만 비밀을 유지하면 되는 것이라고 감을 딱 잡았어요. 여기, 별도의 버스 정류장이 있는 상업지구 내에 안전하게 자리 잡은 헥사 건물 내에서는 우리 모두 비밀 교단의 신도들처럼 평등한 입장이었던 거죠. 그리고 이 연수 과정은 우리가 입사에 적합한지를 확인하는 시작이자 신고식이었어요. 적어도 그때는 그렇게 생각했어요.

연수 첫날, 우리는 두 가지 매뉴얼을 배부받았어요. 하나는 플랫폼의 이용 약관이 담긴 설명서였고, 다른 하나는 감수팀을 위한 가이드라인이 적힌 안내서였죠. 당시에 우리는 그 가이드라인이 수시로 변할 것이라는 사실도, 배부받은 두꺼운 안내서가 우리 손에 떨어졌을 때면 이미 구식이 되어 폐기될 처지라는 사실도 모르고 있었어요. 이 안내서는 집으로 가져가지 못하게 되어 있었기 때문에 우리는 일을 하면서 익혀나갈 수밖에 없었어요. 연수 첫날에는 컴퓨터 화면에 연달아 뜨는 텍스트만 검토했고, 셋째 날부터 사진과 영상, 실시간 방송을 검토하기 시작했어요. 질문은 매번 똑같았어요. 이걸 플랫폼에 올려두는 게 괜찮을까? 만약 아니라고 대답한다면 왜 안 되는지 말해야 했는데, 이 부분이 가장 까다로웠죠. 이 대기업 플랫폼은 사람들이 '모든 무슬림은 테러리스트다' 같은 글을 게재하지 못하게 막고 있었어요. 왜냐하면 무슬림은 여성이나 동성애자, 심지어 (스티틱 씨, 당신이 믿든 안 믿든) 이성애자 같은 단어처럼 '보호 카테고리'에 속했기 때문이에요. 반면에 '모든 테러리스트는 무슬림이다'라는 글은 가능했어요. 테러리스트는 보호 카테고리가 아닐뿐더러, 무슬림이 유해한 용어도 아니었기 때문이에요. 창문 밖으로 고양이를 내던지는 사람의 동영상은 학대 행위가 아닌 경우에만 업로드가 가능했고, 창문 밖으로 고양이를 내던지는 사람의 사진은 언제나 가능했죠. 침대에서 키스를 하는 동영상은 성기나 여성의 유두만 보이지 않는다면 가능했는데, 남성의 유두는 보여도 괜찮았어요. 질 안의 음경을 손으로 그린 그림은 가능했지만, 외음부를 디지털로 그린 그림은 금지였죠. 벌거벗은 아이의 이미지인 경우, 뉴스 관련 자료라면 가능했지만 홀로코스트와 연관되어 있다면 불가였어요. 미성년자인 홀로코스트 피해자의 나체 사진은 엄격히 금지되어 있었으니까요. 총 사진은 게재 기준에 부합했지만 총 판매용 사진이라면 게재 불가였어요. 소아 성도착자에 대한 살인 협박은 게재 가능했지만 정치인에 대한 살인 협박은 게재가 불가능했어요. 어린이집에서 광신도가 일으킨 자살 테러 동영상은 당연히 삭제되어야 했어요. 폭력이나 아동 학대 요인 때문이 아니라 테러리스트의 선전 행위이기 때문이었죠. 우리가 잘못된 카테고리를 원인으로 선택하면 게시물이 삭제되어야 하든 말든 상관 없이 우리에 대한 평가는 '부정확'으로 판정받는 시스템이었어요. 우리는 첫 주부터 매일 200개의 게시물을 검토했고(네, 일단 취업이 되면 이보다 더 많은 양의 일을 해내야 했고요), 날마다 마지막에는 우리 각자의 정확도 점수가 매겨졌어요. 헥사는 97퍼센트의 정확도를 목표로 하고 있었어요. 처음에 나는 85퍼센트를 넘지 못해서 절망스러웠는데, 쿄의 화면을 슬쩍 훔쳐본 후로는 기운을 되찾았답니다. 나보다 열 살은 어려 보이는 쿄는 백팩에 볼펜 낙서가 되어 있는 것으로 보아 고등학교를 갓 졸업한 것 같았어요. 그는 종종 내 옆자리에 앉았는데, 정확도가 75퍼센트를 넘은 적이 없어서 그 사실에 조금 안심이 되었죠. 하지만 넷째 날 버스 정류장에서 알리서가 자신의 '위반 딱지 발부'의 정확도 점수가 98퍼센트라고 해서 속으로 엄청나게 놀랐어요. 그날 밤에 나는 맥주 한잔을 과감히 생략했고, 다음 날에 더 잘할 수 있도록 각오를 다졌죠.

처음 며칠 동안은 시흐리트가 어땠는지 전혀 몰랐어요. 내가 시흐리트를 처음으로 인지하게 된 날을 꼽자면, 연수 마지막 날의 시험장에서라고 할 수 있겠네요. 시험은 약간 기이했는데, 전체 감수팀 앞에서 행해진 일종의 구두시험이었어요. 한 사람씩 시험장 앞으로 불려 나가서, 동영상이나 이미지를 보고 가이드라인에 적합한지 아닌지를 대답하는 형식이었죠. 알리서에게 제시된 동영상은 어떤 성인 여자가 더러운 길바닥에 아기를 내동댕이치듯 내려놓자 소년 둘이 아기에게 돌을 던지는 영상이었어요. 헐렁한 청재킷을 걸친 알리서는 한쪽 목발에 기댄 채 여느 때처럼 냉정한 태도로 승리의 개가를 올렸죠. "아동 학대의 하위 카테고리인 폭력으로 인한 변사에 해당할 것 같아요. 미화 자막이 없으니 그냥 놔두겠지만 경고 표시는 필요하겠네요." 시흐리트도 잘해냈어요. 하지만 무엇보다도 놀라웠던 점은 시흐리트의 발표 태도였어요. 다른 사람들이 약간 의문을 띤 억양을 제외하면 평소와 그다지 다르지 않았던 반면에, 시흐리트는 짐짓 확신에 찬 당당한 자세를 하고 마치 손님을 맞이하는 집사처럼 양손을 꽉 쥔 채 우리를 둘러보며 크고 똑똑한 발음과 말투로 답했거든요. "지금 나온 동영상은 성적 콘텐츠를 담고 있네요. 정확히 3분

4초에 여성의 유두가 보이는군요. 유륜이 확실히 보이기 때문에 이 게시물은 여성 누드 포함을 근거로 삭제해야 합니다. 그런데 '이게 아프면 좋겠어'라는 자막으로 볼 때 사디즘도 연관된 영상으로 보이네요. 제 생각에는 삭제 근거로 두 가지가 다 적합한 것 같습니다."

시호리트가 미소를 띤 채 우리 모두와 한 사람씩 짧게 눈을 맞추며 발표하는 모습은 어딘가 굉장히 우스꽝스럽게 느껴졌어요. 마치 가이드라인을 비웃듯 이 시험 자체를 망치려는 것처럼 보였죠. 우리 조교들도 시호리트가 시험으로 장난을 치는 건 아닌지 잠시나마 헷갈린 것 같았어요. 하지만 시호리트의 대답이 정확했고, 합격 결과를 통보받았을 때는 잘해냈다는 확신이 꼭 필요한 사람처럼 연신 고개를 끄덕이며 웃는 표정을 지었기 때문에 시호리트가 장난스럽게 시험에 임한 게 아니었다는 사실이 증명되었답니다. 몇 주 뒤에 로커룸 뒤쪽에서 시호리트가 내게 살짝 말해줬는데, 이전에 서비스업에 종사했다고 하더라고요. 사람들 앞에서 말하는 방식이 왜 그랬는지 이해가 갔어요.(그때만 해도 시호리트에게 왜 전의 일을 관뒀는지 물어보지 못했어요. 맥주를 따르는 일로 돌아갈 수 있으면서 왜 여기서 일하는지 궁금해하는 티를 내고 싶지 않았거든요.)

혹시 내 시험 결과가 궁금하신가요? 기대한 만큼은 잘하지 못했어요. 한쪽 팔에 불이 붙은 남자의 영상이었는데, 불꽃이 등까지 퍼지고 있는 것 같았지만 영상이 아주 짧았고 전후 사정이 불분명했어요. 팔에 어떻게 불이 붙었는지를 알 수 있을까 싶어서 영상을 다시 한번 틀어달라고 했죠. 그런데 알 수 없었어요. 내가 보고 있는 게 폭력 범죄인가? 아니면 사고? 장난? 모두 아니라면 정치적 표현인가? 정말 정치적 표현이라면 이 영상은 온라인상에 남아 있어야 했어요. 잘못 삭제했다가는 표현의 자유를 침해하는 것이 될 수 있으니까요. 조교에게 다시 한번 영상을 틀어달라고 하면서 이번에는 볼륨을 최대치로 높여달라고 했어요. 결과적으로 옳은 선택이었어요. 모두가 여자 목소리처럼 높고 날카로운 남자의 비명을 들을 수 있었거든요. 결코 잊을 수 없을 소리였지만 당시에는 그런 생각을 못 했어요. 그저 전체 감수팀 앞에 우두커니 서서 어찌해야 할지 몰라 낙담해한 게 전부였죠. 이 좌절감은 어떤 젊은 연수자가 자기 차례 때 밖으로 뛰쳐나가는 걸 보면서 조금 괜찮아졌어요. 그 여자가 시험 문제로 받은 건 어떤 남자가 로트바일러 개를 성폭행하는 영상이었는데, 여자는 뛰쳐나간 지 십 분 뒤에야 빨갛게 부어오른 눈으로 시험장으로 돌아왔어요. 그래도 결국에는 시험장을 뛰쳐나간 여자를 포함해서 우리 모두가 채용되었답니다.

알리서만이 채용 제안을 정중히 거절한 유일한 사람이었어요. 아마도 내 기억이 장난을 치는 것이겠지만, 알리서의 사직이 그 주를 통틀어 제일 낙담스러운 사건이었던 것 같아요.

그건 그렇고, 스티틱 씨, 지금부터 당신이 정말 듣고 싶어 할 만한 것들을 알려드릴게요. 준비되셨나요? 우선 이전 동료들이 말했던 열악한 노동 조건은 모두 사실이에요. 휴식 시간이 고작 두 번뿐인 데다가 개중 하나는 칠 분밖에 안 돼서 두 칸뿐인 화장실에 줄을 서느라 시간을 다 써버렸느냐고요? 물론이죠. 하루에 500개 이상의 '위반 게시물'을 처리하지 못하면 호되게 곤욕을 치렀느냐고요? 당연하죠. 또 정확도가 90퍼센트 밑을 살짝 내려가는 순간 심각한 경고를 받았느냐고요? 완전 그랬죠. 정확도가 계속 오르지 않으면 해고됐느냐고요? 네, 여러 사례를 들었죠. 그저 다리를 좀 펴고 싶어서 책상을 잠시라도 떠날 때면 타이머가 작동하기 시작했느냐고요? 그게 바로 헥사에서의 일상이라고 할 수 있죠.

그래도 당신이 제일 알고 싶은 건 당연히 정신 건강 지원에 대한 것 아니겠어요? 뭐, 이 점에 관해서라면 나도 동료들의 이야기에 덧붙일 말이 좀 있을 것 같네요. 한번은 두툼한 눈썹에 키가 작은 남자 상담사가 우리에게 접근해오기도 했고요. 그 상담사는 가끔 바쁘게 복도를 돌아다녔는데, 시호리트와 나는 버스 정류장에서 청색 멜빵바지 차림의 그를 우연히 본 후로 '슈퍼 마리오'라고 불렀어요. 사실 처음에는 수리 기사인 줄 알았는데, 알고 보니 일종의 상담실을 열었더군요.

"솔직하게 털어놓고 싶은 게 있습니까?" 어느 날은 슈퍼 마리오 상담사가 이렇게 물었어요. 로베르트에게 살짝 문제가 생기고 난 직후였죠. 내가 헥사에서 일한 지 몇 개월 지나지 않았을 때였어요. 동료들이 당신에게 뭐라고 전했는지는 모르겠지만, 슈퍼 마리오의 표현대로 말하자면 로베르트는 '약간 과로한 상태'였죠. 나는 그 일이 있었던 날 아침 로베르트가 들어서는 순간부터 딱 눈치를 챘어요. 보통 출근하자마자 자유석을 찾는 사람들은 끈적끈적한 흔적이 그리 많지 않은 책상을 원하기 마련이었어요. 가장 좋은 건 창가 쪽 책상이었고요. 하지만 로베르트는 창가 책상을 보지 않았고 아래쪽을 쭉 훑어보지도 않았어요. 어디에 앉을지를 찾는 게 아니라 제이미를 찾고 있었기 때문이죠. 제이미는 '주제 전문가' 중 한 명으로 우리의 작업 결과를 감사하는 일을 하고 있었어요. 주제 전문가들은 우리 작업물들을 임의로 선별해서 정확도를 매겼어요. 그들은 엄연히 우리 상관이었지만 감수팀원들과 나란히 앉아 일을 했어요. 이상하죠? 나도 항상 이상하게 생각했어요. 내가 헥사라면 주제 전문가들을 다른 층의 방탄 미닫이문이 있는 사무실에 배치했을 거예요. 왜냐하면 결국 로베르트처럼 선한 사람도 평범한 수요일 오후에 그냥 뚜벅 뚜벅 걸어들어와서는 제이미처럼 선한 사람의 등 뒤로 다가가 테이저건을 들이대는 사건을 저지르게 되기 때문이죠. 도대체 무슨 상황인지는 확실하지 않았어요. 로베르트가 살인 협박이 포함된 게시물을 삭제했는데, 제이미는 공인에 대한 살인 협박이기 때문에 삭제가 부당하다고 봤던가? 공인은 정치가나 활동가가 아닌 이상 보호 카테고리가 아니거든요. 아니, 반대 상황이었던가? 로베르트가 게시물을 그냥 내버려두었는데, 제이미는 그 공인이 활동가라고 봤던 상황이었을지도요. 어느 쪽이든 제이미가 로베르트의 결정에 반대한 상황이었고, 그런 게 처음도 아니었어요. 당시 한동안 로베르트의 정확도는 80퍼센트 선에 계속 머무르고 있었어요. 그래서인지 로베르트는 정확도를 다시 높이고 잘못된 판단에 대해 이야기해보려고 전기충격기로 제이미를 협박하는 게 좋은 생각이라고 생각했을지도 모르겠어요.

참, 이것도 쓸모 있는 소중한 정보일 것 같은데, 우리 층에는 경비원이 아예 없었어요. 자, 로베르트는 제이미의 어깨뼈 사이에 테이저건을 댄 채 거기에 그냥 서 있었어요. 제이미는 미동도 못 한 채 그저 '진정해요' 같은 말을 중얼거릴 뿐이었고, 우리 모두는 그 두 사람을 쳐다만 보고 있었죠. 그러자 로베르트의 얼굴이 붉게 달아올랐고 제이미의 목에 갑자기 반점들이 확 번졌어요. 마치 침대의 캐노피 천이 벗겨져 무슨 성적인 장면을 들킨 사람들처럼 그렇게 있었죠. 마침내 로베르트가 정적을 깼어요. "제기랄, 때려치우면 되잖아!"

그 후로 나흘 동안 로베르트를 보지 못했어요. 그런데 바로 그다음 주에 아무 일도 없었다는 듯이 로베르트가 후드를 푹 덮어쓴 채 사무실로 돌아왔죠. 아무도 후드를 벗으라는 말조차 못 건넸어요. 사건이 있었던 그때 그 자리에 없었던 사람들도 무슨 일이 있었는지 다 알고 있던 상황이었지만, 로베르트는 다시 돌아와서 현실을 인정할 용기가 있었던 거죠. '그래, 나는 헥사를 떠날 수 없어. 제이미도 참을 수밖에 없다고. 이 일이 꼭 필요하니까.' 그런데 그거 아세요? 나는 이런 면에서 로베르트가 아주 대단한 사람이라는 생각이 들었어요.

이제 물론 로베르트가 당시에 슈퍼 마리오와 상담 시간

을 가졌는지가 알고 싶으시겠죠? 하지만 미안하게도 확실히 말해드릴 수가 없네요. 내가 아는 거라고는 로베르트의 감정 폭발 사건이 있고 난 이튿날에 슈퍼 마리오가 한 층 위의 상담실에서 집단 상담 시간을 열었다는 사실뿐이에요. 상담실에는 상담사 소유의 음료수 냉장고가 있었고, 탁자 위에는 티슈 상자가 하나 있었어요. 세상에, 정말 이런 식이구나, 이렇게 생각했던 기억이 나요. 탁자 위에 티슈 상자 하나가 놓인 방이라니. 우리는 거기에 앉아 있었어요. 서른 명쯤 되는 사람들이 둥글게 둘러앉은 거죠. 로베르트가 이성을 잃었던 날 아침에 거기에 있었던 감수자들 중 반이나 모인 셈이었어요. 그중에서 로베르트처럼 내 친구라고 할 수 있는 사람은 쿄와 수하임, 둘뿐이었어요.

나는 상담이 진행되는 중에 한마디도 하지 않았어요. 로베르트가 이해되었기 때문이죠. 정확도는 정말 중요했고, 우리 일의 전부라고 할 수 있었어요. 만약 내 정확도가 그렇게 계속 낮았다면 나도 엄청나게 낙담했을 거예요. 그래서 "전 진짜 할 말이 없어요"라고 말하고 막 상담실 밖으로 나가려는데, 슈퍼 마리오가 입을 뗐어요. "당신도 어느 한순간쯤은 불쾌한 뭔가를 봤을 거잖아요."

농담이 아니라 정말 그렇게 말했어요. 당신도 어느 한순간쯤은 불쾌한 뭔가를 봤을 거잖아요. 이 말을 듣자마자 쿄를 슬쩍 쳐다보고 수하임에게 눈짓을 했는데, 쿄는 멍하니 고개만 끄덕이고 있었고, 수하임은 한쪽 눈썹을 살짝 치켜세우더라고요. 슈퍼 마리오의 언사는 그저 모욕적으로 느껴질 뿐이었어요. 이 상담사는 내 신뢰를 얻으려고 애쓴 것이지만, 대화할 준비가 되어 있지 않은 게 분명했죠. 그런 상담사한테 말을 해주고 싶겠어요? 절대 아니죠. 상담이 채 끝나기도 전에 벌떡 일어나서 내 자리로 돌아왔어요. 예기치 못한 집단 상담 때문에 그날 목표치를 채우지 못할 것 같아서 오후 내내 자리에 앉아 있느라 정말 짜증이 났어요. 그 이후로 슈퍼 마리오가 우리 앞에 다시 나타나는 일은 없었는데, 굳이 물어보신다면, 진짜 무책임한 태도라고 생각해요.

부디 이와 같은 모든 상황을 잘 새겨두시길 바랄게요.

"근데 대체 어떻게 그런 상황을 견딜 수 있었던 거니?"

처음으로 신문 기사가 나왔을 때 메러딧 이모가 내게 던졌던 첫마디였어요. 아마 당신도 똑같은 게 궁금할 거예요. 뭐, 까짓것, 이야기를 계속해나가기 전에 우선 두 가지 이유를 밝혀드리죠.

첫째, 헥사에서 일을 시작할 때쯤에는 나도 산전수전을 다 겪은 몸이었거든요. 앞에서 말했다시피, 이전에는 콜센터에서 일했어요. 대기업인 가구 제조 업체와 계약을 체결한 회사에서 '고객 서비스 대응' 업무를 맡았었죠. 가구 제조 업체는 중국인지 지구상 어디쯤에서 가구를 수입했는데, 분홍색 벨벳 소파와 복고풍 황동 사이드 탁자가 고객에게 배달되기 전까지 최소한 네 번은 국제 물류 센터에서 감쪽같이 사라졌다 나타나곤 했답니다. 그동안 그 고객들은 온종일 내게 전화를 해댔고요. 휴식 시간은 헥사보다 조금 더 길었을지 몰라도 수입은 훨씬 더 적었어요. 거기다 그 콜센터에도 내가 책상에서 일어나자마자 작동되기 시작하는 타이머가 있었고, 한 시간에 열다섯 통이라는 전화 대응 목표치와 8.5점이라는 고객 만족도 평균치도 달성해야 했어요. 이 수치를 맞추려고 애쓰는 와중에,

어떤 여성이 웹사이트에서 법적으로 보장한 선적 계약을 들먹이며 계속해서 따지는 전화를 받아야 했죠. 그 여성은 딸의 생일에 우윳빛 탁상 램프가 도착하길 원했다면서 제때 선물이 도착하지 않아 딸의 생일 파티를 완전히 망쳤다고 원망을 쏟아냈어요. 그런데 생일 파티의 성공 여부가 우윳빛 탁상 램프 하나에 좌지우지된다면 뭔가 많이 잘못된 거 아닌가요? 이렇게 혼자 생각만 할 뿐, 입 밖으로는 절대 내뱉지 못했죠. 하루 종일 혀를 깨물고 참아야 했어요. 만약 실수로 뭔가 논리적인 반문을 ("저기요, 선생님, 그게 정말 세상이 끝나기라도 할 사건인가요?") 하기라도 하면, 고객들은 비명을 질러댈 것이 분명했거든요. 맞아요. 고객 열다섯 명 중에서 적어도 네 명은 우리에게 비명을 지르기 시작해서 온갖 종류의 욕을 해대다가 끝에는 매니저를 불러오라고 했죠. 도대체 매니저라뇨? 존재하긴 하나 싶었어요. 내가 아는 사람이라고는 취업 면접 때 봤던 아래층에서 일하는 제리라는 여성뿐이었는데, 제리가 제일 얽히기 싫어하는 일이 바로 이런 일이었어요. 고객에게 왜 당장 매니저를 연결해줄 수 없는지 설명하면서 속으로는 간절하게 고객에게 바쁜 일이 생기기를 바랐죠. 장을 봐야 하거나 아이를 데리러 가야 하는 스트레스 때문에 더는 분노를 참지 못해 고객 만족도 점수를 묻는 녹음된 여성의 목소리가 미처 나오기도 전에 제발 전화를 끊어버리기를 말이에요. 뭐, 이런 행운은 현실에 잘 없긴 하죠. 이런 부류의 사람들은 늘 욕을 하면서도 고객 만족도 점수는 꼭 매기거든요. 이렇게 고객 만족도 점수가 끝없이 추락하는 모습이 눈에 선하다고 생각하는 순간, 맞은편의 동료는 이제껏 듣지도 보지도 못한 욕을 듣다못해 눈물을 흘리기 시작해요. 이 불쌍한 직원은 온갖 모욕을 받는 중에도 애써 진정해보려고 얼굴을 이리저리 찌푸리고 있어요. 그동안 나는 입술만 달싹이는 동료의 모습을 쳐다보고 있을 수밖에 없답니다.

한마디로 요약하자면 헥사에 다닌 처음 며칠은 청량한 한 줄기 바람 같은 나날들이었어요. 아무도 나한테 소리치지 않는다니 얼마나 굉장하고 좋았겠어요. 물론 내가 검토해야 하는 게시물에도 종종 극악무도하고 악랄한 중상모략이 난무했지만, 적어도 그 욕들이 곧장 나를 향해 쏟아지는 건 아니었으니까요.

“근데 대체 어떻게 그런 상황을 견딜 수 있었던 거니?”

자, 이제 이 질문에 대한 두 번째 이유를 말할 차례죠? 헥사에서 일한 처음 며칠 동안은 약간 정신이 나간 상태였거든요. 온정신이 다른 일에 쏠려 있었고 당시 동료들과 대화가 많지는 않았지만 일이 머리를 식혀주었어요. 또 우리 노동 환경이 얼마나 형편없는지 깨닫기 시작할 때쯤에는 이미 그 환경에 익숙해져버린 후여서 무감각해졌다고나 할까요? 무슨 헛소리냐 싶죠? 좀 더 풀어볼게요. 그렇게 오랫동안 헥사에서 일한 이유를 알고 싶다면, 애초에 왜, 어떻게 이 일을 시작하게 되었는지를 아셔야 할 것 같아요.

헥사에 처음으로 출근한 날은 화요일이었어요. 원래 월요일에 업무를 시작해야 했지만 예나가 그 주에 나를 만날 수 있는 시간이 월요일 오후 3시뿐이었기 때문에 첫 출근을 하기 전부터 근무조 순서를 바꿨죠. 헥사에서 그때 나를 자르지 않았던 건 기적이라고 생각한답니다. 예나는 전 여자 친구예요. 우리는 콜센터에서 만났어요.(내가 거기에서 무척 사교적이었다고 이미 말했었죠?) 정확히 일 년 동안 사귀었는데, 그중 일곱 달은 우리 엄마가 물려준 집에서 함께 살았죠.

"여자들 많이 만나봤을 거 같아, 그렇지?" 우리 집에서 처음으로 밤을 보냈을 때 예나가 물었어요. 우리는 내가 십 대 때 쓰던 방에 같이 누워 있었어요. 그룹 그린데이의 포스터들과 스케이트보더들의 사진들은 이미 몇 년 전에 모조리 떼서 둘둘 말아 뽀뽀를 한 번 한 후 새로 들여놓은 더블베드의 수납용 서랍 안에 넣어두었고요. 나는 이제는 너무 요란스럽다 싶은 사주식 침대에 누워서 예나의 물음에 멍청하게 웃음만 짓는 치명적인 실수를 저지르고 말았죠. "뭐야, 그 웃음은 그렇다는 거네?"라고 예나가 반응했고 우리 둘 다 웃음을 터뜨렸기 때문에 나는 다 괜찮은 줄 알았어요. 사실 여자들을 많이 만나보진 못했지만 그렇게 믿게 놔두자 싶었거든요. 그게 더 매력적으로 보일 거라고 믿은 거죠.

실은 예나 이전에 딱 한 명과 오래 사귀었을 뿐이에요. 바브라가 열다섯 살이고 내가 열일곱 살일 때 만났는데, 우리 엄마가 막 두 번째로 입원을 했을 때였죠.(이에 대한 심리 분석은 스티틱 씨 당신에게 맡길게요.) 엄마가 돌아가셨을 즈음에는 이미 바브라와 함께 살고 있었어요. 어릴 적 살던 집은 한 무리의 학생들한테 세를 주었었고요.(그 집은 몇 년 전 아빠가 마지막으로 차를 몰고 떠나버린 후 내 소유의 집이 되었죠.) 그런데 육 년 후에 바브라가 자신의 새 여자 친구인 갓 스물 된 마사지 치료사 릴리안이랑 셋이 같이 살면 어떻겠느냐고 묻는 바람에 다 끝이 났어요. 뭐, 아주 우호적으로 헤어졌다고만 말할 수 있겠네요. 정말 케이크를 반으로 깔끔하게 자른 것처럼 끝을 냈죠. 얼마나 깔끔했느냐면 케이크의 장미꽃 장식 하나도 상하지 않았어요. 바브라는 나를 도와 내 집에 사는 세입자들을 아주 정중하게 내보내는 방법을 고민해주었고, 나는 바브라가 특별히 사준 바퀴 달린 여행 가방에 짐을 쌌죠. 바브라는 내가 상자나 쓰레기 봉지를 들고 나르기를 원치 않았어요. 당시에 나는 마음이 탁 놓였어요. 마음속 깊은 곳에서는 항상 알고 있었거든요. 바브라가 나에게 너무나 많은 것을 베풀어주었기에 나는 내가 감히 먼저 떠날 용기를 결코 내지 못했을 거라는 사실을 말이죠.

혼자 내 집에서 지내게 된 처음 며칠 동안은 엄청 자유로웠어요. 말하는 법과 기타 치는 법을 배웠던 바로 그 집에서 자유를 만끽했죠. 예전에 살 때는 절대 할 수 없었던 일들을 했어요. 마치 이제부터 이 집의 주인이자 왕은 나이고 모든 규칙은 내 손에서 만들어질 것이라고 천명하듯이, 현관 밖에 쓰레기 봉지를 쌓아둔다거나 아침, 점심, 저녁 세끼를 모두 피자로 때운다거나 하는 일들을 해댔어요. 몇 날 며칠을 끊임없이 게임만 하기도 했는데, 침대에 홀로 누워 있을 때나 당시 가장 친한 남사친이었던 메흐란과 소파에 같이 널브러져 있을 때도 그랬죠. 그러다가 어느 날 냉장고가 갑자기 멈춰버렸고, 잔디 깎는 기계도 고장 난 채 한동안 구석에 처박혀 있어서 잔디가 현관 높이까지 자라났어요. 세탁기도 물이 새서 빨래를 할 때마다 화장실에 물이 넘쳤죠. 속옷을 아끼려고 팬티라이너까지 사용하기 시작했어요. 어느 오후에는 메흐란이 물이 흥건한 크림치즈를 받아들더니 "새것 좀 사. 계속 고장 난 냉장고 쓰면 건강에 안 좋다고"라고 정색을 하며 말하기까지 했어요. 결국 물건들을 새로 구매할 경제적 여력이 없다는 걸 인정했죠.

그래서 콜센터에서 일하게 된 거예요. 예나가 데이트 신청을 하기 전에 나는 로나와 잘해보려고 두어 번 접근했어요.(로나는 미치를 자극하려고 나와 편안하게 춤을 추는 모습을 보여줬다고 생각해요.) 그래서 예나가 그런 질문을 한 것 같아요. 이미 수많은 여자들과 만나봤는지 말이죠. 세상에나, 그 자리에서 바로 진실을 털어놓지 않은 걸 얼마나 후회했는지 모른답니다. 딱 한 명, 이제까지 여자 친구는 한 명뿐이었다고. 마지막 삼 년 동안은 성생활도 없었어. 이렇게 말했어야 했는데 하지 못했어요. 뭐, 내가 카사노바쯤 된다고 믿게 내버려둔 거죠. 그러자 그때부터 예나는 같이 텔레비전이나 휴대폰을 볼 때 여자가 나오면 그 여자가 어떤지 내게 묻곤 했어요. 얼마나 매력적인지 1에서 10까지 점수를 매겨보라거나, 부위별로 등급을 매겨야 한다면 입술은 어떤지, 엉덩이가 자신보다 더 풍만한지를 캐물었죠. 형사 드라마에 나오는 우아한 여자 주인공이 갑자기 앞에 나타난다면 접근할 거냐고 묻기도 했어요. 게다가 기상 캐스터나 옆집 여자, 심지어 자신의 친언니는 어떠냐며 누가 제일 매력적인지 물어서 아니, 친언니는 너무 멀리 간 거 아니냐고 되물었더니 예나는 "하하, 그냥 농담이야, 농담"이라며 얼버무렸어요.

차츰 문제는 내가 아니라는 사실을 깨닫기 시작했어요. 사회가 우리에게 강요하는 미적 기준이 문제였죠. 어린 시절까지 거슬러 올라가는 자기혐오와 자포자기 문제, 여성잡지의 그렇고 그런 내용 등등. 원인은 많겠지만, 나도 조금은 책임이 있다고 느꼈어요. 예나의 불안감은 비누 거품처럼 불어나서 휴대폰 게임 하듯 내가 하나하나 터뜨려줘야 했죠. 그래도 계속해서 새로운 거품이 피어났고, 나는 예나를 잃고 싶지 않았어요. 예나는 내 농담에 웃어줬고 내가 아름답다고 말해줬고 전부는 아니지만 몇몇 형사 드라마가 재미있다고 공감해줬거든요. 예나가 밤에 내 가슴에 머리를 기대고 누울 때면 내 품에 꼭 맞춘 듯이 작고 소중해서 내 심장이 느리게 뛰었어요. 네, 맞아요. 심장이 느려지는 것, 그게 바로 내가 원하던 거였죠. 그래서 우리가 같이 산 지 몇 주가 흘렀을 때부터 예나가 아주 은근히 아무렇지도 않게 자기가 원하는 물건들을 요구하기 시작했는데도 나는 예나의 요구를 들어주는 게 내 사랑을 증명하는 실용적이고 구체적인 방법이라고 좋게 받아들였어요.

우선 대형 텔레비전이 있어요. 이제 더 이상 고장 잘 나는 노트북으로 드라마를 볼 필요가 없게 되었으니 우리 둘 모두에게 이득이 아니겠어요? 또 소파 침대 덕분에 예나의 언니가 매번 150킬로미터를 운전해서 집으로 되돌아가야 할 필요가 없게 됐죠. 어깨 패드가 달린 원피스는 살을 뺀 예나에게 다른 옷들은 예전의 뚱뚱했던 모습을 상기시키기 때문에 필요한 거였어요. 하이 웨이스트 바지는 살이 찐 예나에게 다른 옷들은 예쁘지가 않아서 필요했고요. 다른 사람들의 사진에 빠지지 않고 등장하는 덩굴식물 가득한 식당에서 그럴듯한 외식을 하는 일도 필요했어요. 요즘 들어 둘만 만나는 일이 줄었고, 바로 다음 주가 칠 개월 기념일이기도 했으니까요. 참, 파리 여행도 그래요. 우리가 너무 많이 싸워서 바깥바람을 좀 쐬고 와야겠다고 말한 건 나였거든요. 전축을 새로 산 것도 예나가 집에서 춤 연습을 할 수 있도록 배려한 거였죠. 춤은 아주 짭짤한 부업임이 틀림없었고, 마침 예나가 무대 일을 시작하기에도 적절한 시기였거든요. 가발 한두 개 정도는 예나의 이미지 변신을 위해 필요했고, 그 김에 쓸 만한 카메라도 구입했죠. 전문적인 수준의 홍보 이미지를 만들려면 반드시 필요했으니까요. 자동차가 있으면 공연장에 더 빨리 도착할 수 있을 터였고, 성능이 더 좋은 휴대폰이 있으면 언제 예나가 출장을 가더라도 영상통화를 할 수 있을 거라는 생각이 들었어요. 그런데 말이죠, 망할, 예나가 출연하기로 계약한 클럽에서 티켓이 잘 안 팔렸어요. 딱 보기에 공연이 취소되기라도 하면 나머지 비용을 예나가 뒤집어써야 할 상황인 것 같았어요. 계약서의 작은 글씨를 제대로 확인 못한 거죠. 혹시라도 내가 현금으로 배상해줘야 하는 상황인 것이었을까요?

"널 이용하는 거야." 메흐란이 예나가 없던 어느 밤에 입을 열었어요. 우리는 메흐란이 사온 새로운 사격 게임을 하던 중이었는데, 메흐란이 좀비 무리의 머리를 막 명중한 순간이었어요.

"날 이용하는 게 아냐. 예나가 새로운 경력을 쌓도록 도와주고 있는 것뿐이야." 나는 총에 장전을 하면서 웅얼거렸어요.

"SNS 팔로워가 마흔 명쯤 되나? 그뿐이잖아." 메흐란이 석유통 뒤에서 엄호사격을 하며 되물었죠.

"그런 일은 시간이 걸리기 마련이야."

"걘 전형적인 꽃뱀이야."

"꽃뱀? 야, 나한테 뭐가 있다고?!" 나는 웃음을 터뜨리고 머리를 절레절레 흔들며 헬리콥터를 격추시켰어요.

"봤지? 이게 문제야. 너도 알고 있잖아." 메흐란은 이렇게 말하면서 게임 조종기를 내려놓고 나와 눈을 맞추려고 했어요. 뭐, 그러는 바람에 게임은 내가 이겼죠.

자, 스티틱 씨, 이제 내가 어떤 연유로 헥사에 지원하게 된 건지 좀 아시겠어요? 첫 출근 전 월요일 오후에 카페로 들어설 때는 재정이 거의 파탄 난 상태였다는 거죠. 그때 예나를 만나지 못한 지 두 달쯤 됐는데, 솔직히 다 잊었다고 생각했어요. 메흐란이 알면 안심할 만큼 예나를 원망하기 시작할 정도였죠. 그런데 예나가 낮은 탁자에 웅송그리고 앉아 고개를 푹 숙인 채 휴대폰만 들여다보고 있는 모습을 보자 가슴이 철렁 내려앉았어요. 눈썹에 뭔가를 한 모양이었는데, 옆모습만 봐도 눈썹 숱이 더 빽빽해져서 마치 이마는 없고 눈 바로 위에 두꺼운 검정 막대기가 붙어 있는 것 같았죠. 별로였지만, 예나가 눈썹에 얼마나 정성을 들이는지가 기억이 나서 차마 입이 떨어지지 않았어요. 예나는 그동안 얼마나 미안했는지 모른다며 보고 싶었다고 말했어요.

나도 보고 싶었다고 답했어요. 그리고 새로운 직장에 대해 말하면서 빚 문제는 신용카드 회사와 협의를 거쳐 해결되었다고 했어요. 그런데 예나는 아무런 반응이 없었어요. 내 빚 문제가 아예 존재하지 않는 척 굴더라고요. 마치 여자 친구의 임신 사실을 접한 남자가 여자 친구한테 왜 피임약을 먹지 않았느냐며 탓을 하는 것 같았어요. 내 빚은 내 문제고, 이 사생아는 자기 책임이 아닌 거죠. 당연히 쓰레기 같은 행동이었지만, 서로 작별 인사를 할 때 포옹을 하고 꽤 길게 입맞춤을 하고 나니 서운한 마음도 어느새 사라지고 말았어요. '보고 싶었어'라는 한마디가 마법을 부린 셈이었어요. 어쩌면 우리는 다시 시작해야 할 것 같았어요. 하지만 이번에는 바로 살림을 합치지 않고 천천히 진행해볼 생각이었죠. 안 믿기실지도 모르지만, 혝사에서 일한 처음 며칠 동안은 이런 생각을 하며 지냈어요.

휴식 시간마다 예나가 문자 답장을 보냈는지 휴대폰을 확인하러 서둘러 로커룸으로 향했어요. 금단현상에 시달리는 약쟁이처럼 달달 떨며 거기에 서 있었죠. 몇몇 다른 동료들이 서로 스크린을 돌려 보는 미친 짓을 하고 있는 사이에서요. 그 층에서는 휴대폰이 엄격히 통제되었어요. 우리가 검토하는 콘텐츠를 사진이나 영상으로 찍을까 우려해서였죠. 그때 그렇게 로커룸 한구석에 웅크리고 있던 나는 전쟁터에서 애인의 새 증명사진과 사랑이 담긴 쪽지를 애타게 기다리는 군인 같았어요. 이상한 건 이 군인이 하루 휴가를 받았을 때 애인을 만나기가 더 어렵다는 사실이었어요. 어쩌면 예나는 내가 정보를 찾을 수 없는 어떤 클럽에서 공연을 하고 있는지도 몰라요. 아니면, 또 언니 집에서 자고 오느라 내일이나 돼야 돌아올지도 모르겠어요. 뭐, 그냥 휴대폰이 고장 나서 내 문자를 못 받은 건지도 모르죠. 성능 좋은 휴대폰인 줄 알았는데, 완전히 사기였나 봐요. 예나에겐 정말 새로운 휴대폰이 또 필요한 건지도요. 그렇죠?

“이제 걔한텐 할 만큼 했어.” 어느 금요일 저녁에 메흐란이 이렇게 말하면서 내 어깨뼈 사이에 손을 얹었어요. 위로하려는 행동이 아니라, 아빠가 아들에게 자전거 타는 법을 가르칠 때 등을 한 손으로 받쳐주는 것 같은 든든한 격려의 손짓이었어요. “너라면 더 나은 대접을 받아야지.” 메흐란이 이렇게 덧붙였을 때, 더는 반박하지 못했어요.

그 주 일요일에 다시 출근했을 때는 바닥에 가까운 사물함을 선택했어요. 그래야 휴대폰을 쉽게 꺼낼 수 없을 테니까요. 그날 나는 몇 주 만에 처음으로 휴식 시간 때 바깥으로 나갔어요. 11월 말이라 쌀쌀한 바람이 불었고, 동료들은 작게 무리를 지어 주차장에 옹기종기 모여 있었어요. 해가 낮게 떠서 담장이나 가로등에 기대어 있는 동료들의 그림자가 아스팔트 위로 길게 드리워졌어요. 사람들은 담배를 피우거나 물을 마시느라 분주했고요. 순간적으로 다시 열두 살 시절로 돌아간 것 같았어요. 학교 운동장에서 어느 무리에 끼어야 할지 몰라서 망설이던 그 시절 말이에요. 바로 그때 시흐리트와 쿄, 그리고 후드를 덮어쓴 잘 모르는 남자 하나가 주차장 경계 담장 위에 앉아 있는 걸 발견했어요.

“저기요.” 내가 담장으로 다가가며 말을 걸자마자 시호리트가 “네, 케일리 맞죠?”라며 반응했어요. 시호리트는 미소를 지으며 장갑을 쭉 잡아당기고 있었는데, 장갑은 너무 작고 외투의 소매는 너무 짧아서 아무리 장갑을 끌어올리려고 해도 맨 손목이 훤히 드러났어요. 이렇게 장갑을 만지작거리는 행동이 일종의 긴장성 틱 행위라는 걸 깨닫게 되기까지는 시간이 좀 걸렸어요. 그냥 그 순간에는 딱 붙는 가죽 재킷 차림을 한 시호리트가 굉장히 멋지게만 보일 뿐이었죠. “지금 우린 난관에 부딪혔어요.” 시호리트가 내게 자기 옆에 앉으라는 손짓을 하며 말을 이었어요. “여기 로베르트가 좀 전에 어떤 미친놈이 침대 위에서 이미 죽은 아기 고양이 두 마리를 갖고 노는 동영상을 봤다는 거예요. 근데 영상이 시작할 때부터 아기 고양이는 죽은 상태여서 어떤 동물 학대 행위도 찍혀 있지 않았단 말이죠.” 시호리트가 후드를 뒤집어쓴 로베르트라는 남자를 흘끔 쳐다봤어요. 나는 로베르트가 이 추운 날씨에 왜 외투를 입지 않았는지 의아했어요. 로베르트는 추위에 어깨를 움츠리며 고개를 끄덕였어요. "완전히 빳빳하게 굳은 상태였어요." 로베르트가 웅얼거리자 시흐리트가 말을 이어받았어요. "그냥 내버려둬야겠다 생각하겠죠? 죽은 기니피그를 추모하는 사진이랑 근본적으로 다를 게 없으니까요. 하지만!"

"그 미친놈은 전에 그 아기 고양이들을 죽이는 동영상을 올린 적이 있어요." 쿄가 끼어들었어요. 그는 시흐리트가 사용한 '미친놈'이라는 단어를 그대로 흉내 냈고, '죽이는'이라는 단어를 말할 때는 막 변성기가 지난 남자아이처럼 목소리가 갈라졌어요. 열일곱 살도 채 되지 않은 것 같다는 생각을 두 번째로 했어요.

"그 말인즉슨, 생생한 동물 학대의 하위 카테고리인 폭력으로 인한 변사에 해당하는 일이 벌어졌단 말이죠. 그놈은 아기 고양이들을 질식시켰고, 목도 부러뜨렸을지 몰라요. 하지만 당신이 그 이전 동영상을 보지 못한 상황이라면요? 그럼, 죽은 아기 고양이들을 갖고 노는 영상만 봤다면 어땠을까요?" 시흐리트가 되물었어요.

"그냥 놔둬야죠." 내가 즉각적으로 대답하자, 시흐리트와 쿄, 로베르트가 탐색하는 듯한 눈으로 나를 쳐다봤어요. 순간적으로 내가 신탁을 내리는 신의 대리자가 된 듯한 기분이 들었어요. "단, 잔인한 자막이 없어야 해요. 글이 없으면 가이드라인에 부합하잖아요. 이전 동영상은 중요하지 않아요. 그냥 놔둬도 제이미는 어떤 꼬투리도 잡지 못할 거예요."

시흐리트가 고개를 끄덕이며 "봤지? 내가 그렇다고 했잖아"라고 말하자, 쿄가 논쟁이 끝났다는 사실에 안심하듯 미소를 지었어요. 하지만 로베르트는 고개를 흔들었어요. "제기랄, 그럼 난 완전히 망친 거네." 그러면서 살짝 떨리는 손가락으로 궐련초에 불을 붙였어요.

로베르트와 쿄, 시흐리트, 나중에는 수하임과 루이스까지. 모두 내가 헥사에 다니는 수개월 동안 가장 친하게 사귄 사람들이었어요. 진짜 정이 들게 된 친구들이었죠. 시흐리트와 이 친구들이 서로 친하게 된 이유를 완전히 알 수는 없었지만, 아마도 내가 그들에게 끌린 이유와 같지 않을까 싶어요. 바로 우리의 근무 환경 때문이겠죠. 넓은 의미에서 보자면요. 쿄와 수하임, 시호리트는 나처럼 그때까지 잘 돌아가고 있던 10월 감수팀에 속해 있었어요. 로베르트와 루이스, 다시 시호리트와는 근무조가 거의 겹쳤고 이 말은 시호리트와 내가 수하임보다 루이스를 더 많이 만났다는 뜻이에요. 수하임은 가끔 야간 근무를 했거든요. 무엇보다도 이 새로운 동료들은 내가 낮 동안 무얼 봤는지 아는 유일한 사람들이었죠. 우리는 많은 얘기를 나누지 않아도 그런 게시물이 어떤 느낌이고 의미인지 알 수 있었어요. 근무 시간에는 주로 무엇을 내리고 올릴 건지 얘기를 나눴어요. 이따금 누군가 "야, 지금 진짜 지랄 같은 걸 봤어"라고 말하면 나머지 우리는 그냥 고개를 끄덕이고 말았죠. 잠시나마 홀로 내버려둬야 한다는 걸 우리 모두 알고 있었으니까요. 하지만 근무 외 시간에는 완전히 다른 이야기가 펼쳐졌어요. 퇴근 후 일상은 어땠는지 알고 싶으세요? 뭐, 그럼, 우리가 자주 가는 술집으로 안내해드리죠.

우리 상업 지구에서 버스로 한 정거장만 가면 스포츠 바가 하나 나왔는데, 주변에는 주택 개조 용품점과 자동차 영업소, 패스트푸드 체인점 두 개가 자리 잡고 있었어요. 이들 패스트푸드 체인점끼리는 경쟁이 치열해서 그즈음에는 매장 손님 모두에게 무료 음료와 간식을 제공하기 시작했어요. 바야흐로 때는 12월이었고, 정확히 크리스마스이브였어요. 헥사에서 일한 지 두 달이 되었고, 시흐리트와 로베르트, 쿄와 담장 위에서 휴식 시간을 처음으로 같이 보낸 후부터 매일 저녁이면 이곳 스포츠 바에 와서 B-52 칵테일을 단숨에 들이켜며 시간을 보냈죠. 11월의 혹독한 날씨가 지나갔고 크리스마스 시즌이 다가오는 몇 주 동안은 상대적으로 포근하고 비가 내리는 날씨가 계속됐어요. 헥사 로비에도 크리스마스트리가 설치되었고, 스포츠 바의 창문에는 줄 전구가 깜빡이고 있었어요. 지금도 줄 전구가 거기에 있는지는 모르겠지만, 루이스라면 알지도 몰라요. 헥사에서 일 년 넘게 일하고 있거든요. 그는 종종 이직률에 대해 불평을 늘어놓으면서 우리는 꼭 남아야 한다고 맹세하게 했죠. 루이스가 한 번씩 그럴 때마다 우리는 기분 좋게 그러겠다고 대답했어요. 루이스 옆에는 수하임이 있었는데, 우리보다 약간 연상이었고 프랑스에서 학위를 딴 이력이 있었어요. 이전에는 프리랜서로 번역 일을 했지만 일감이 줄어들어 결국 인간지능 업무에 전념하게 되었다고 하더군요. 온라인으로 여러 회사에서 의뢰를 받아 투약 설명서나 오븐 사용 설명서를 번역하는 일이었는데, 건당 지불받는 보수는 얼마 되지 않았대요. 헥사에서는 수하임에게 빠른 승진을 약속했어요. 어쩌면 프랑스 시장의 주제 전문가로 승진시켜줄지도 몰랐어요. 하지만 수하임이 이 건에 대해 회사에 물어볼 때마다 그 시기가 언제일지 알려줄 수 있는 사람이 아무도 없었어요. 이날 크리스마스이브 때도 나는 거기에 대해 아무것도 알 수 없었어요. 수하임은 자신에 대한 일을 거의 말하지 않는 사람이었거든요. 오히려 다양한 맥주 종류 간의 질적 차이에 대해 장황하게 늘어놓길 좋아했죠. 거기다 통도 커서 술을 한 잔씩 돌리는 데 거리낌이 없었어요. 이런 대단한 주량을 우리는 따라가기 힘들었고, 그날 밤에도 우리는 남은 술을 서로의 반쯤 빈 술잔에 부어댔어요. 제일 많이 술잔을 비운 사람에게 제일 많이 술을 따랐고요. 이런 일은 저

절로 벌어졌고 우리가 정을 쌓아가는 과정이었죠.

어, 잠깐만요, 라디오에서 〈내가 크리스마스에 원하는 건 당신뿐〉이라는 노래가 흘러나오네요. 우리 뒤편의 고속도로는 가족을 찾아가는 차들로 교통 체증이 심해지고, 교회는 미사를 보러 온 사람들로 가득 찼어요. 교회에 온 사람들은 플라스틱 여물통 앞에서 기도를 올리며 지난 한 해를 반성하겠죠. 이날 밤 우리가 나누던 대화 주제는 무엇이었을까요? 술집에 앉아서 도대체 어떤 말들을 나눌까요?

뭐, 별것 없어요. 그냥 떠들고 웃으며 긴장을 푸는 거죠. 우리 위쪽 화면에서 재방되고 있는 경기를 이리저리 지적해가면서 말이에요. 언제나처럼 루이스가 가장 큰 소리로 야유를 보내고 있었어요. 심지어 두 번째 맥주잔을 입에 대기도 전에 저 느려 터진 놈은 달리기부터 다시 배워야 한다고 외쳤어요.

“맙소사, 게을러빠진 게이 놈 같으니라고. 이런 점수는 앞으로도 없을 거야. 히틀러가 유대인들 처부순 속도보다 더 오래 걸릴 놈들이라고. 저기, 지금 누가 들어왔는지 좀 봐. 아니, 고개는 돌리지 말고, 이 멍청아. 그래, 지금 세 시 방향에 있는 저기 저 여자 꼴 좀 보라고. 누가 저런 여자랑 섹스할 수 있을까? 생각만 해도 토 나올 것 같아. 저 100킬로그램도 넘는 덩치가 여기 와서 앉으면 우린 아무것도 못 보겠어. 야, 로베르트, 가서 저 빈 의자 좀 치워. 저 레즈가 차지하기 전에, 어서!"

우리는 그저 웃고 말았어요. 네, 웃었어요. 쿄는 우리가 '아기 뚱보'라고 부를 정도로 약간 과체중이었고, 나는 레즈비언이었으며, 수하임은 흑인, 루이스 자신도 유대인이었어요. 우리는 몇 번이고 이런 농담에 웃음을 터뜨리곤 했어요. 습관적인 웃음이었을 뿐만 아니라, 무슨 말을 하는지 다들 잘 알고 웃는 거였어요. 어떻게 모르겠어요? 게이나 유대인, 유색인종, 이민자 같은 단어는 보호 카테고리에 속해서 근무 시간에 지겹도록 처리하는 말들이잖아요. 그렇다고 우리가 농담에 빗대어 이런 단어들을 조롱하는 거냐고요? 요즘 치킨 너겟 양이 줄어든 걸 보니 이 술집이 유대인한테 넘어간 모양인데, 라고 하면서요?

그렇다고 대답할 수 있으면 얼마나 좋겠어요? 하지만 현실은 그리 간단하지 않죠. 사실 우리가 이런 종류의 유머를 사용한다는 사실 자체가 농담이에요. 우리가 이런 농담을 즐긴다는 게 무척 아이러니한 일이라는 것도 아주 잘 알고 있고요. 플랫폼에서 이런 단어들을 삭제하느라 온종일 시달리는 상황에서 말이에요. 하지만 우리가 이런 농담에 웃어대는 건 무슨 도덕적 비판이라기보다 금지된 것을 갖고 노는 희열에 더 가까웠어요. 어쩌면 우리가 얼마나 강하고 회복력이 좋은지를 우리 자신과 서로에게 증명하는 방법이었는지도 모르겠어요. 아, 정말이지 우리는 우리의 직업 때문에 조금의 피해나 손해도 보기 싫었고 그렇게 되게 내버려두지도 않을 작정이었어요. 우리가 농담하는 걸 들으면 정반대로 생각하실지 모르지만요. 내가 그런 말들을 너무 많이 읽어서 무감각해진 걸 수도 있어요. 전혀 불가능하지만도 않은 일이잖아요. 다른 동료들은 언제나 '느려 터진 게이 놈' 같은 농담에 웃을 준비가 되어 있었고요. 어느 쪽이든 우리 모두 그런 농담에 기분 나빠 하지 않았어요. 수하임만이 한 번씩 한쪽 눈썹을 추켜세우며 짜증이나 무심함이 묻어나는 어조로 '야, 그건 별로야' 같은 말을 보태곤 했지만요. 이 크리스마스이브 날에도 우리가 제일 좋아하는 바텐더인 미셸만 살짝 끼어들었어요. 미셸은 "우리 술집에서는 세계 평화를 기원한다고요. 기억 좀 해요. 알겠죠?"라고 말하며 술잔이 가득한 쟁반을 탁자 위에 내려놓았어요.

"암, 좋지, 빌어먹을 세계 평화를 위하여!" 우리는 자그마한 술잔을 들고 손을 억지로 꼬아 잔들을 부딪쳐가며 말했어요. 잔을 부딪칠 때 힘이 과하게 들어가서 술이 확 넘쳤고 저녁 내내 모두 손이 끈적끈적한 채로 앉아 있었죠.

우리 그룹에서 '친구'라는 단어를 처음 쓴 사람은 막내인 쿄였어요. 1월 말에 벌어진 사건 이후에 그렇게 됐죠. 그전부터도 상황은 계속 암울했어요. 우리는 울적하고 완전히 지쳐 있는 상태였어요. 크리스마스 시즌에 수많은 감수자들이 휴가를 냈고, 남은 우리는 잔업량이 두세 배나 늘어났거든요. "저기 봐!" 아무래도 루이스였던 것 같은데, 누군가가 갑자기 소리쳤어요. "저기 위에 누가 있어."

우리는 바깥을 내다봤어요. 그 말이 맞았어요. 어떤 남자가 맞은편 건물 지붕에 서 있었는데, 남자의 모습이 내 엄지와 검지 사이에 딱 들어올 만큼 그리 멀지 않은 거리였죠. 남자가 난간 쪽으로 한 발 다가서자, 전체 여든 명쯤 되는 우리는 모두 벌떡 일어났어요. 심지어 제이미를 포함한 주제 전문가 두 명도 일어나 같이 창가로 몰려갔어요. 우리가 창가에 서 있는 동안 우리 컴퓨터 화면 위에서는 타이머가 돌아가기 시작했어요. 남자가 다시 한 발 뒤로 물러섰어요. 뭐죠? 뛰어내릴 준비라도 하는 걸까요? 우리가 서 있는 곳에서는 남자가 뛰어내리면 어떻게 될지 훤히 보였어요. 주차장에는 차들이 별로 없었지만, 저 컨버터블이라면 남자를 받아낼 수 있겠다는 생각이 번뜩 스쳐 지나갔어요. 이런 종류의 동영상에서는 보통 땅을 보여주지 않고 이런 경우 우리는 그대로 내버려둘 수 있어요. 하지만 지금 이건 스턴트도 장난도 어느 활동가의 저항 행위도 아니잖아요. 우리는 필연적으로 피를 보게 돼 있었고 심하면 남자의 내장까지 보게 될 수도 있었어요. 이건 삭제감이라는 생각이 들었어요. 아마 다른 동료들도 나와 같은 생각을 했을지도 모르지만 아무도 입 밖으로 내뱉지는 못하고 있을 때, 루이스가 "세상에, 제기랄, 벌써 뛰어내렸잖아!"라고 소리쳤어요. 어떤 사람들은 신경질적으로 초조하게 웃음을 터뜨리기도 했지만, 루이스의 얼굴은 얼어붙어 있었어요. '제기랄'이라는 욕설에 불안함이 묻어나와 목소리가 갈라졌고, 그 말을 우리 모두가 들었다는 것도 아는 상태였죠. 누군가가 "뭐라도 해야지 않겠어?"라고 말했지만, 사람들은 즉각적으로 고개를 끄덕이며 웅얼거리기만 할 뿐 아무도 움직이지 않았어요.

그런데 우리가 뭘 할 수 있었겠어요? 우리한텐 당장 휴대폰도 없었고, 우리 부서에는 유선전화조차 깔려 있지 않았어요. 플랫폼은 우리가 잘못을 저지른 사용자들을 어디 가서 일러바칠까 봐 무척 두려워했거든요.(근데 우리가 도대체 누구한테 꼰지르겠어요?) 나는 제이미를 건너다보았지만, 제이미는 휴대폰을 가지러 사물함으로 갈 생각이 전혀 없어 보였어요. 우리 모두 완전히 굳은 채로 우두커니 서서 지붕만 뚫어져라 쳐다보고 있을 뿐이었죠. 마치 그렇게 보기만 해도 남자를 잡아채 목숨을 구할 수 있을 것처럼 말이에요.

나는 다시 아래를 내려다봤어요. 그때 그녀가 눈에 들어왔어요. 4층 아래, 누군가가 우리 주차장을 가로질러 반대편으로 걸어가고 있었어요. 나는 "누구지?" 하고 조용히 읊조렸지만 이미 알고 있었어요. 그저 내 눈을 믿지 못할 뿐이었죠. 한창 보고 있던 동영상에 내가 아는 사람이 홀연히 나타난 기분이었어요. 텔레비전 밖으로 기어 나오는 소녀가 나오는 공포 영화 있잖아요. 상황은 반대였지만 조금 전까지만 해도 옆에 서 있던 누군가가 화면에 나타난 거죠.

"어, 시호리트잖아!" 쿄가 흥분한 목소리로 외쳤어요. 마치 자신이 배팅한 말이 갑자기 맨 앞으로 뛰쳐나오기라도 한 것 같았어요. 이제 우리는 모두 시호리트를 지켜보고 있었어요. 작은 검은 공이 주차장 반대편 건물로 굴러가다가 커다란 유리 현관문 속으로 사라지는 모습을 말이에요. 나는 목 주변이 후끈 달아오르는 걸 느꼈어요. 시호리트는 제때 도착할 작정이었을까요? 나는 왜 진작 내려가볼 생각을 못 했던 걸까요?

우리는 다시 지붕을 쳐다봤어요. 그때 주위의 사람들이 숨도 제대로 쉬지 못하면서 "우왓" 하고 소리를 내뱉었어요. 또 다른 남자가 나타났기 때문이죠. 이제 두 남자가 동시에 쭈그리고 앉았어요. 언뜻 보기에 그들은 우중충한 하늘에서 축복처럼 내려온 무언가를 앞에 두고 무릎을 꿇는 것 같았어요. 하지만 두 남자는 위는 쳐다보지도 않고 아래만 내려다보며 거칠게 팔을 휘둘러대면서 뭔가를 뚝딱대기 시작했죠.

"젠장, 뭐야, 그냥 공사장 노동자들이잖아!" 루이스가 여전히 떨림이 남아 있는 목소리로 외쳤어요.

"세상에, 빌어먹을 일꾼들." 다른 사람들도 거들었어요. 마치 지붕 위에서 남자가 살려달라고 외쳐댔는데 알고 보니 우리를 모두 속이기라도 한 것처럼 분노가 묻어난 목소리였어요. 우리는 벌떡 일어선 속도만큼이나 재빨리 책상으로 돌아가 앉았어요. 아까운 구 분이 그대로 흘러가버린 걸 깨달았고요.

시호리트가 다시 나타날 때쯤에는 우리 모두 업무에 복귀한 상황이었어요. 시호리트는 우리가 이미 사정을 다 알아차렸다고 짐작했을 텐데도 문가에 딱 멈춰 서서 크고 분명한 목소리로 선포했어요. "여러분, 아무 일도 아니었어요. 그냥 지붕을 고치고 있다네요."

나를 포함한 몇몇이 고개를 끄덕였어요. "다행이에요. 알려줘서 고마워요, 시흐리트." 하지만 루이스는 또다시 고함치기 시작했죠. "고맙기는 개뿔, 이미 다 알고 있었다고!"

루이스는 나쁜 의미로 말한 게 아니었어요. '개뿔'이라는 욕설도 진짜 모욕을 주려는 것이었다기보다 애정의 표현이었죠. 그래도 쿄는 벌떡 일어나서 결연한 발걸음으로 루이스에게 다가갔어요. "정신 좀 차려. 친구한테 그런 말을 하면 안 되잖아." 쿄는 이렇게 말하고 나서 루이스가 채 대답을 하기도 전에 걸음을 옮겨 여전히 문가에 서 있는 시흐리트에게 향했어요. 쿄는 시흐리트를 껴안았고 시흐리트는 진심이 담긴 포옹을 정중히 받아들였죠. 그때 나는 십오 분 만에 두 번째로 자책했어요. 영웅적인 행동에 나설 기회를 모두 놓친 채 그저 앉아서 쳐다보기만 했으니까요.

휴식 시간이 되자, 분위기가 여느 때보다 좋은 쪽으로 좀 달라졌어요. 사뭇 들떠서 소리를 치기도 하고 심지어 키득대기까지 했죠. 지붕 위의 남자 때문에 놀라 자빠질 뻔했지만, 모든 게 괜찮다고 판명 난 후인 만큼 우리는 안심이 되었으니까요. 그런데 약간 자기 연민에 빠져들기도 했어요. 왜 우리는 모두 하나같이 그 남자가 뛰어내릴 작정이라고 굳게 믿었던 걸까요?

"추락자들의 영상을 수도 없이 봤으니까." 로베르트가 우리가 모여 있는 담장 위에 앉아서 벌건 눈으로 웅얼거렸어요. 우리는 동병상련의 기분으로 고개를 끄덕였어요. 로베르트는 자기가 만든 궐련초를 사람들한테 돌렸어요. 나는 그 궐련초에 마리화나가 지나치게 많이 들어간 것을 알아서 평소 같으면 거절했겠지만 이번에는 한 모금을 빨았어요. 그렇게 로베르트와 시흐리트, 수하임, 쿄, 루이스까지 다들 한 모금씩 담배를 빨아들였죠. 분명히 오후에 쿄가 내뱉은 문장이 머릿속을 울렸던 게 틀림없었어요. "친구한테 그런 말을 하면 안 되잖아"라고. 맞아요, 우리는 친구였어요. 내 기억에 이전에는 그렇게 분명하게 친구라고 불렸던 적이 없었어요. 뭔가 확실히 공식화된 느낌이었죠. 전쟁터의 화염 속에서도 어디선가 사랑은 피어오르기 마련이듯 다들 친구라고 인정을 한 셈이었어요.

나는 시흐리트를 건너다봤어요. 시흐리트는 막 세 번째로 담배를 빨아들이려는 참이었죠. 아주 단단히 묶어 올린 머리와 길고 가느다란 손가락을 가만히 바라보았어요. 담배는 이미 루이스에게로 옮겨졌고, 시흐리트는 립밤통 뚜껑을 열고 있었어요. 순간적으로 문득 '이 여자가 누구였지? 내가 아는 게 조금이라도 있나?' 싶은 생각이 들었어요.

내가 잠시 지그시 쳐다보자, 시흐리트가 알아채고 흘기듯 미소를 지어 보냈어요.

그날 밤 우리는 처음으로 입맞춤을 했어요. 퇴근 후에 로베르트가 다시 한번 담배를 돌렸고, 버스 정류장에서는 우리 모두 수하임의 멋들어진 뿔 모양 휴대용 술병에 든 술을 한 모금씩 돌려 마셨어요. 그래서 7시쯤 스포츠 바에 들어설 때쯤 우리는 모두 기분이 한껏 들뜬 상태였죠. 실제로 올림픽에서 메달을 따기라도 한 사람들처럼 함성을 질러댔어요. 술집 안에서는 손님들이 춤을 추고 있었어요. 그 스포츠 바에서는 아주 드문 광경이었지만 그날따라 미셸이 고객들의 분위기를 띄우려고 음악 볼륨을 최대치로 키운 것 같았어요. 우리 감수팀의 여자 직원 하나가 덩치 큰 남자와 춤을 추는 모습도 눈에 띄었죠. 나는 한참 있다 그 남자가 존이라는 걸 알아챘어요. 사무실에서는 늘 푸른 체크무늬 셔츠 차림이었는데, 지금은 밖이나 안이나 그리 덥지 않았는데도 티셔츠가 땀에 푹 젖어서는 엉덩이를 흔들고 있었어요.

나는 춤을 못 춰서 그냥 구석 끝자락 의자에 앉아 있었어요. 시흐리트가 내 옆으로 다가왔어요. 음악 소리가 너무 시끄러워서 대화를 나눌 수는 없었어요. 술을 거절하지 못하도록 일부러 음악을 크게 틀어놓은 건 아닌가 싶었죠. 솔직히 우리 첫 키스에 대한 기억은 아주 흐릿해요. 나중에 한동안 시흐리트를 못 만나고 지냈던 기간이 있었는데, 자위를 할 때 그 첫 키스를 떠올리곤 했어요. 시간이 지남에 따라 그날 밤 자체의 기억보다 환상이 더해진 기억이 점점 더 선명해졌어요. 그 환상 속에서 시흐리트는 끊임없이 나를 쳐다봤어요. 어떻게든 핑계를 만들어서 나를 만지려 들었죠. 쟁반에서 맥주잔을 집으려고 기대면서 일부러 나를 꾹 누르기도 했고요. 환상 속에서 내가 팔을 뻗어 시흐리트의 허벅지에 한 손을 올려놓으면 시흐리트가 고개를 흔들며 얼굴을 붉혔어요. 그런 다음 내가 일어나서 화장실로 향하면 시흐리트도 나를 따라 나왔죠. 시흐리트가 내 어깨를 잡아채서 돌려세우면 나는 벽 쪽으로 시흐리트를 밀어붙였어요. 우리가 화장실로 향하는 아주 좁은 길목을 막아서게 된 거죠. 우리의 입술이 맞닿았을 즈음엔 나는 보통 이미 절정에 다다랐어요. 그러지 못하면 다른 기억을 소환했어요. 첫 키스 이후 몇 주가 지나 우리가 내 침대에 함께 있는 모습을 떠올리는 거죠. 시흐리트는 내 위에 올라타고 앉아 '더 깊이, 좀 더'라고 외치고 있었어요. 시흐리트의 얼굴이 쾌락과 희미한 애절함으로 일그러졌어요. 그 못나기도 하고 섹시하기도 한 찡그린 표정을 떠올리기만 해도 금세 절정에 도달할 수 있었죠. 하지만 우리의 첫 키스가 실제로 어떻게 보였는지를 물으신다면 저기 축축한 티셔츠를 입은 존이 감수팀 직원에게 치근대는 장면과 그다지 다르지 않았을 거라고 답할 수밖에 없겠네요. 사람들이 보고 있다는 걸 빤히 알고 있는 두 사람이지만 서로의 정력을 빨아들이다가 결국 술이라는 중력에 의해 함께 산 정상에서 굴러떨어지게 되는 거죠. 이튿날이 되자 쿄가 "어제 둘 다 끝을 못 내던데? 밤새도록 키스를 했다고!"라며 마냥 기뻐하는 목소리로 말을 걸었어요. 마치 이혼한 부모가 다시 사랑에 불타오르기라도 한 것처럼 좋아하는 모습에 우리는 웃음을 터뜨렸어요. 특히 쿄의 신난 모습과 우리의 초췌하고 숙취 가득한 얼굴이 대비돼서 웃을 수밖에 없었어요.

시호리트에 대한 관심이 언제 애정으로 변했느냐고요? 어느 순간이라고 꼭 집어서 말하기는 어려워요. 우리는 둘 다 첫 키스에 대해서는 좀 무덤덤한 편이었어요. 하지만 나는 그 첫 키스로 인해 더 많은 걸 갈구하게 되었죠. 그 주에 누가 스포츠 바에 가자고 할 때마다, 시호리트는 나도 같이 가는지 꼭 확인하고 나서 대답을 하곤 했어요. 그런 모습에 나는 무릎에 힘이 스르륵 빠졌어요. 우리는 점점 더 자주 키스를 했어요. 키스를 못 하고 돌아오는 밤이면 침대에 누워 내가 너무 소심했던 건 아닌지 잠을 이루지 못하다가 아침이면 갑자기 또 너무 애를 쓰는 건가 싶어 혼자 민망할 때가 많았죠. 나는 술을 점점 더 많이 마셨어요. 심지어 가끔은 휴식 시간에도 술을 입에 댔고, 버스 정류장에 도착할 때쯤엔 어김없이 술을 마셨어요. 그땐 우리 모두가 술을 많이 마셨어요. 어느 오후에는 시흐리트가 수하임의 휴대용 술병에 든 술을 한 번에 다 마셔버리자, 루이스가 박수를 쳤고 수하임은 짐짓 흉한 표정을 지어 보였어요.

첫 키스 이후 한두 주가 지난 어느 아침에 시흐리트가 갑자기 나한테 와서는 오늘 저녁에는 스포츠 바에 같이 못 갈 것 같다고 말하더군요. 나는 깜짝 놀랐죠. 속마음을 들켜서 조롱당한 기분이었어요. 왜 시흐리트는 오전 9시에 그런 말을 했던 걸까요? 그것도 그렇게 미안해하는 목소리로 말이에요. 내가 그렇게 티가 났던 걸까요? 나는 시흐리트가 가든 말든 아무렇지 않다는 걸 증명하려고 그날 오후에 로베르트와 루이스, 두 명만 데리고 스포츠 바로 향했어요. 우리는 서로서로 할 말이 별로 없었지만 좋은 점은 술을 거의 마시지 않고 일찍 집에 돌아갈 수 있었다는 사실이에요. 잠들기 전에 편안하게 자위로 성욕도 풀어내고, 이튿날 아침에는 아주 오랜만에 숙취 없이 출근할 수 있었죠.

"오늘 밤엔 다시 너희와 함께 갈 수 있어." 그날 오후에 평소처럼 주차장 담장을 향해 걸어가고 있을 때, 시흐리트가 내 귓가에 살짝 속삭였어요. 물론 기쁘기도 했지만 약간 모욕당한 기분이었죠. "뭐, 그러시든가." 나는 최대한 심드렁하게 반응했어요. 그러자 시흐리트가 전에는 한 적이 없는 행동을 했어요. 담장 위에 앉아서 처음으로 내 손을 잡은 거예요. 거의 무심하게 툭 던지는 듯한 행동이었어요. 시흐리트는 그냥 주머니에서 휴대폰을 꺼내는 것처럼 아무렇지도 않게 내 쪽을 보지도 않은 채 수하임과 뭔지 모를 대화를 계속 나누고 있었어요. 한순간 손을 치워버리고 싶기도 했지만 반대로 손을 꽉 부여잡았어요. 거의 무의식적으로 벌어진 일이었고, 시흐리트가 원해도 빼지 못할 만큼 온 힘을 다해 손가락을 꽉 움켜쥐었죠.

그 순간이었느냐고요? 진짜로 사랑에 빠진 순간이? 아닐 것 같아요, 스티틱 씨. 사랑은 감정과 행동으로 채우는 포인트 적립 카드가 아니라, 욕망과 두려움의 합산 같은 거라서요. 욕망은 꽤 갑작스레 솟아났어요. 첫 키스 이후 쭉 그랬죠. 반면에 두려움은 서서히 자라났어요. 시흐리트가 밤에 스포츠 바에 오지 못하는 것에 대한 두려움, 스포츠 바에 와서도 키스를 하지 못하는 상황에 대한 두려움, 시흐리트의 마음이 변할지도 모른다는 생각과 함께 덮쳐오는 두려움 등등. 이런 두려움들은 사랑에 빠진 정도를 가늠할 수 있는 눈금자 역할을 했죠.

우리의 첫 섹스는 기억에 남을 만한 게 거의 없었어요. 오히려 우리가 처음으로 함께 아침을 맞았을 때가 기억에 남을 만했어요. 비록 내가 이른 아침 근무조라서 6시 15분에 눈을 떠야 했던 빌어먹을 아침이긴 했지만요. 가장 가까운 주유소 매점으로 걸어가서 커피와 초콜릿 머핀을 살 때도 밖은 여전히 어두컴컴했어요. 우중충한 잿빛 형상을 한 내가 어깨를 한껏 움츠린 채 주유소 가게 안으로 들어서자 다른 손님들 두 명이 흘끗거렸어요. 운동복 바지에 검정 후드티 차림이기까지 했으니 저들 눈에 수상해 보이겠거니 싶었죠. 하지만 여러분, 지금 내 침대엔 멋진 여자가 자고 있답니다. 내가 계산할 차례가 되었을 때, 나는 너무 행복에 겨워서 계산대의 청년에게 거의 담배 한 갑은 살 수 있을 만한 잔돈을 그냥 가지라고 했어요.

"당신의 연애 관계에 대해 말해보면 어때요." 두 번째 상담 시간에 아나 박사가 이렇게 입을 열었어요.

우리는 거실처럼 보이는 사무실에 앉아 있었어요. 나는 아나 박사가 과연 저녁마다 여기에 홀로 앉아 서류를 읽는지 궁금했죠. 벽에는 미술 작품이 걸려 있었고, 탁자 위에 티슈 상자는 없었어요. 아나 박사가 신발을 벗어도 된다고 했지만 나는 계속 신고 있었고요.

"무슨 말을 듣고 싶으신 거죠?" 내가 물었어요.

"뭐, 생각나는 건 뭐든지요." 아나 박사는 따뜻한 찻잔을 감싸 쥐며 답했어요.

"뭘 듣고 싶으신 건지 전혀 모르겠어요." 내가 혼란스러워하자, 아나 박사는 그저 가만히 미소를 지으면서 딱히 정답이 있는 게 아니라며 아무 말이나 다 괜찮다고 했어요.

나는 한사코 상담 치료를 거부하는 시골 사람이 된 기분이 들었어요. 꼭 그렇지만은 않았다고요. 메러딧 이모가 이 상담을 신청했고, 나는 이모와 이모의 지갑 상태를 봐서라도 아나 박사가 잘할 기회를 주고 싶었어요. 게다가 보통 이런 일은 그저 흐름대로 잘 따라가기만 하면 더 쉽게 해치워버릴 수도 있잖아요. 뭐, 아나 박사가 좋기도 했고요. 나한테 차를 끓여 내줬다는 사실이 좋았어요. 하지만 조심해야 했어요. 그때는 내가 헥사를 나온 지 두 달쯤 된 시점이었고, 시흐리트도 그 이후로 한 번도 못 만난 상황이었어요. 맞은편에 앉아 있는 이 여성은 내게서 무슨 말을 듣고 싶은 걸까요? 어디까지 파고들 수 있다고 자신하는 걸까요?

"둘이서 어떤 일들을 함께했나요?" 아나 박사가 물었어요. 나는 아나 박사 뒤에 걸린 그림을 빤히 쳐다봤어요.

인간보다 더 어두운 형체가 무언가를 갈구하듯 나뭇가지 같은 앙상한 양팔을 뻗고 있는 그림이었죠. 그 괴상한 그림 때문인지, 아니 박사가 보여준 조용한 공감력 때문인지는 알 수 없었지만, 갑자기 검고 끈적끈적한 뭔가가 내 몸속으로 스며드는 것 같았어요.

결국 나는 입을 열었어요. "예전에는 혼자 하던 일들을 함께했어요. 일하고 잠자고 스포츠 바에 가는 일 같은 거요." 이건 정말이었어요, 스티틱 씨.

그저 우리 이야기의 전부가 아닐 뿐이었죠.

시호리트는 나보다 다섯 살이 더 많았어요. 작지만 우아한 가구들이 비치된 아파트에서 살고 있었죠. 가보지는 못했지만요. 시호리트는 아이를 원치 않았고 빚도 없었어요. 칠 년 동안 사귄 전 남자 친구와도 좋은 관계를 유지하고 있었죠. 두 사람은 독일셰퍼드 한 마리를 같이 키웠는데, 지금은 전 남친인 피트가 집이 더 크다는 이유로 데리고 있대요. 격주 일요일마다 시호리트는 전 남친 피트와 같이 셰퍼드 미키를 데리고 호수 주변을 산책했어요.(참,

시흐리트와 함께 찍힌 그 거대한 늑대개 사진을 본 적이 있는데, 어찌나 녹아들 듯 사랑스럽던지요!) 시흐리트는 종종 후회되는 일이 없다고 말했어요. 뭐, 학위를 따지 않았다는 딱 한 가지 사실만 빼고요. 열일곱 살 때, 더 이상 학교가 다니기 싫어져서 부모님에게 대학이 적성에 맞지 않을 것 같다고 말했는데, 부모님이 선뜻 그러라고 했다는 거예요. 시흐리트는 여전히 그 사실에 분노를 금치 못했죠. 부모님이 동의한 건 자신을 위해서라기보다는 돈 문제 때문일 거라면서요. 그런데 그런 소리도 너무 자주 듣다 보니, 시흐리트 자신도 그 말을 완전히 확신하지 못하는 건 아닐까 하는 의심이 들었어요. 시흐리트는 여러 해 동안 술집에서 일했는데, 농담조로 댄서에서 바텐더로 강등당했다고 했어요. 하지만 무릎이 나가기 시작한 데다 야간 근무에 신물이 났던 건 사실이었어요. 시흐리트는 헥사에서 일하면서 앞으로 대학 학비를 마련할 수 있기를 바라고 있었어요.

이 바람도 우리가 스포츠 바에 가지 않게 된 이유에 포함된답니다. 술은 집에서도 마실 수 있었고, 더 저렴하기도 했으니까요. 게다가 우리가 처음으로 밤을 함께 보낸 후로 늘 다른 동료들과 함께 만나야 하는 게 탐탁지 않았거든요. 나는 정말 시흐리트를 알고 싶었고, 그녀에 대한 모든 것을 알아내고 싶었어요. 게다가 별로 없는 자유 시간을 축구의 노 골 인정이나 유럽식 맥주잔과 미국식 맥주잔의 용량 차이에 대한 이야기로 낭비하고 싶지는 않았어요. 그리고 에잇, 맞아요, 가끔 9시 전에 잠자리에 드는 것도 좋았어요. 그래야 너무 피곤하지 않고 시흐리트의 성욕도 제대로 풀어줄 수 있을 테니까요.

시흐리트는 예나와 완전히 달랐어요. "오늘 밤엔 내가 요리할게." 며칠 지나지 않아 시흐리트가 이렇게 말했을 때, 순간적으로 어디서 이런 가정적인 여신이 내려왔나 싶었죠. 때 이른 판단이긴 했어요. 그날 밤, 파스타는 곤죽이 되었고 토마토소스에는 물이 흥건했거든요. 내가 파스타를 깨끗이 먹어 치우자 놀랍게도 시흐리트가 와락 웃음을 터뜨렸어요. "미안. 그치만 완전 엉망진창이었는데, 진짜 다 먹을 줄은 몰랐어!" 나도 웃음을 터뜨렸어요. 놀란 가슴을 쓸어내렸죠. 조금 민망하기도 했어요. 아주 맛있는 척 파스타를 먹었거든요. 그러지 않으면 시흐리트가 화를 낼 거라고 생각했으니까요.(예나였으면 분명히 화를 냈을 거예요.) 고맙게도 시흐리트는 내 반응을 좋게 받아들였어요. "내 기분을 상하게 하고 싶지 않아서 그런 거잖아. 다정하기도 하셔라"라며 저녁 내내 칭찬을 해댔죠.

시흐리트는 자신감이 아주 넘쳐흘렀어요. 이 점에서도 예나와 정반대라고 할 수 있었죠. 자신이 무엇을 하고 있는지, 무엇을 원하는지 분명히 알고 있었어요. '한 번에 하나씩 가자'라거나 '좀 두고 보자'라는 마음은 아예 없었어요. 시흐리트는 쓰레기 더미에서 가장 귀여운 강아지로 나를 선택했고, 자기에 대한 내 감정에 대해서는 일말의 의심도 하지 않는 것 같았어요. 그럴 만도 했어요. 그런 자기 확신이야말로 내가 매력을 느끼는 지점이었으니까요. 존경심마저 들 정도였어요. 그래도 연애 초기라서 약간의 경계심은 남아 있었죠. 특히 일주일에 두세 번씩 식료품을 사다주기 시작했을 때는 더더욱 그랬어요. 시흐리트는 내가 빚이 있다는 것을 알고 자기가 모든 걸 사겠다고 고집을 피웠어요. 처음 몇 번은 시흐리트가 우리 집 주방 조리

대에 하얀 비닐봉지들을 내려놓을 때마다 영수증을 꺼내 놓지 않는다는 사실이 믿기 힘들 정도였어요. 몇 주 동안은 계속 만약을 위해서 돈을 챙겨두었죠. 하지만 시흐리트는 한 번도 돈을 요구한 적이 없었어요. 오히려 그 반대였어요. 우리가 함께 산 지 육 주가 흐른 어느 날, 시흐리트는 다가오는 스물일곱 번째 생일에 뭘 받고 싶으냐고 물었어요. “아무것도 필요 없어!” 내가 이렇게 답했던 건 시흐리트가 어떻게 돈을 벌고 있고 무엇을 위해서 돈을 모으고 있는지를 속속들이 잘 알고 있었기 때문이에요. 나는 시흐리트에게 절대로 아무것도 사지 말라면서 약속하라고 엄포를 놓았죠. 하지만 시흐리트는 내게 남아 있던 털끝만한 우려도 불식시킬 만큼 굉장한 선물을 해줬어요.

그날 아침은 우리 둘 다 비번이었고, 시흐리트가 아침을 만들었어요. 토스트와 계란, 오렌지 주스까지 완벽한 한 상이었죠. 내 머그컵에 봉투 하나가 비스듬히 세워져 있더군요. “우리 수의사가 주는 이메일이야.” 시흐리트가 말했어요.

“뭐? 왜?”

"그냥 읽어봐!"

정말이지 너무나 감동적이었어요. 세상에나, 편지를 읽으면서 엉엉 울 뻔한 거 있죠? 어릴 적 겪은 사건에 관한 내용이었거든요. 내가 시흐리트한테만 말했던 이야기였어요.

내 햄스터, 아르히발트에 관한 이야기였죠.

일곱 살 때 그 어린 친구를 만났어요. 사실 아르히발트는 햄스터치고는 덩치가 꽤 큰 편이었어요. 커다란 눈에, 두툼하고 부드러운 금빛 털이 너무나 귀엽고 예뻐서 사진으로 보면 진짜 살아 있는 동물인지 의심스러울 정도였어요. 내가 학교에서 돌아올 때마다 아르히발트는 앞발로 창살을 짚고 일어나서 작은 몸을 흔들어 천장의 창살로 휙 날아갔어요. 대단한 곡예사에 버금가는 기술이었죠. 이렇게 천장에 나무늘보처럼 거꾸로 매달리는 행동은 나를 맞이하는 관례적 인사 같은 거였어요. 그러면 나는 보상으로 토스트 조각을 던져주었고, 아르히발트는 톱밥 위로 무사히 안착하자마자 토스트 조각을 볼 안쪽에 마구 집어넣곤 했어요. 밤마다 나는 햄스터 우리 옆에 앉아 그날 우리

반에서 누가 내게 말을 걸어줬고 누가 한마디도 하지 않았는지를 꼬치꼬치 다 일러바쳤어요. 일이 년 후에는 엄마의 상태가 어떤지, 의사의 말을 아빠가 어떻게 전해줬는지도 털어놓기 시작했어요. 아르히발트는 언제나 내 말에 귀 기울여줬죠. 집게손가락으로 귀 뒤를 긁어주면 지그시 눈을 감았어요. 날마다 그 곡예 인사를 보여주려고 얼마나 힘이 들었을까 생각하면 꽉 끌어안고만 싶어졌어요. "오, 아르히발트!" 시흐리트에게 아르히발트 얘기를 처음으로 했을 때 감정을 주체하지 못했어요. 시흐리트도 막 셰퍼드 미키의 사진을 보여준 참이었죠. 우리의 관계는 여전히 서로에 대해 물어볼 게 많은 단계에 머물러 있는 것 같았어요. 우리는 긴 대화를 통해서 서로에 대한 사랑과 서로에 대한 정보가 꼭 일치하는 건 아니라는 사실을 깨달았죠. 그래서 여러 가지를 질문하고 답하면서 그 빈틈을 메우려고 노력했어요. 나는 시흐리트에게 아르히발트에 대해 기억나는 건 모조리 말해줬어요. 심지어 어떻게 아르히발트와 영원히 헤어지게 되었는지도요.

어느 오후에 아빠가 평소보다 일찍 학교로 나를 데리러

왔어요. 엄마는 수술을 받는 중이었죠. 아빠는 아주 긴 밤이 될 거라며 미리 언질을 줬어요. 밤 11시 30분에도 여전히 우리는 대기실에 앉아 있었어요. 아빠가 집에 데려다줬으면 좋겠느냐고 물었을 때, 그 시간까지 집에서 혼자 톱밥 위를 종종걸음으로 왔다 갔다 할 아르히발트가 생각났어요. 그런데 아빠는 무척 피곤해 보였어요. 아빠의 표정에서 굳이 먼 길을 오가지 않고 그냥 병원에서 눈을 좀 붙이고 싶다는 마음이 읽혔죠. 솔직히 나도 혼자 밤을 보내고 싶진 않았고요. 이튿날 오후에 집으로 돌아갔을 때, 아르히발트는 무려 마흔여덟 시간이나 먹고 마실 게 없었던 상태였어요. 내 방으로 들어서자 아르히발트가 원래 하던 곡예를 다시 시작해서 무척 놀랍기도 하면서 엄청 기뻤어요. 저기 나의 용맹한 아르히발트가 당당하게 거꾸로 매달려 있잖아요. 그런데 얼굴 앞에 토스트 조각을 내밀어도 별 반응이 없는 거예요. 내가 조심조심 머리를 쓰다듬었지만, 아르히발트는 천천히 위엄 있게 작은 눈을 감을 뿐이었어요. 그러고 나더니 갑자기 작은 몸통이 결승선을 겨우 넘은 주자처럼 떨리기 시작했어요. 나는 서둘러 아르히발트를 우리에서 꺼내어 무릎 위에 내려놓았어요. 아르히발트는 너무나 가벼워서 무릎에 자두를 올려놓은 것 같았어요. 언제나 그렇게 가볍긴 했지만 지금 이 자두는 평소처럼 이리저리 구르지를 않았어요. 그저 가만히 미동도 없이 있다 다시는 작은 눈을 뜨지 못했죠.

나는 늘 내 잘못이라고 생각했어요. 내가 열한 살에 저지른 죄를 시흐리트에게 털어놓았을 때, 내 영혼 속 지하실을 다 드러내 보인 기분이었죠. 하지만 시흐리트는 충격을 받거나 놀란 것처럼 보이지 않았어요. 오히려 내가 풀지 못하는 대수학 문제를 내놓은 것처럼 수심에 찬 것 같은 표정을 지었어요. "음, 그치만, 햄스터는 먹이가 없어도 좀 더 살 수 있는 거 아니었어? 아르히발트가 몇 살이었다고 했지?" 시흐리트는 내 잘못이 아닐 가능성에 대해 늘어놓기 시작했어요. 아주 다정한 행동이라고 생각했지만, 완전히 믿음이 가지는 않았죠. 그런데 갑자기 내 생일에, 김이 모락모락 피어오르는 커피가 담긴 머그컵 앞에서 이 편지가 나타난 거예요.

'햄스터 우리가 직사광선이나 외풍에 노출된 곳에 있는

게 아니었다면 아르히발트의 죽음은 고령에 의한 자연사일 가능성이 제일 높습니다. 일반적으로 햄스터는 먹이 없이도 이틀 정도는 쉽게 버틸 수 있습니다. 어딘가 숨은 저장고가 있었을 테니까요.' 이런 내용의 편지로, 시흐리트의 독일셰퍼드를 중성화해준 그 수의사의 사인까지 담겨 있었어요.

누구에게도 받은 적 없는 내 생애 최고의 선물이었어요. 하지만 그 말을 직접 하진 않았어요. 거짓말처럼 들릴까 두려웠고, 어색하게 더듬거릴 내 말솜씨로는 시흐리트의 기분을 상하게만 하고 끝날 수도 있었으니까요. 그래서 시흐리트가 나를 끌어당겨 안을 때까지 가만히 있었어요. 그날 내내 편지를 음미하며 시간을 보냈고, 출근을 해서도 실실 새어 나오는 웃음을 참지 못했어요. 빨간 작업복을 입은 남자의 등이 멀리 보이지 않는 저격수에게 총상을 입는 영상을 보면서도 말이에요.

"그녀와 함께 있을 때면 정확히 어떤 기분이 들었나요?"

아마도 시흐리트에 대해 이야기했던 그날 오후에 아나

박사가 던진 두 번째 질문이었을 거예요.

"기분이 어땠느냐고요?" 내가 되물었죠.

"네. 그녀와 함께 있을 때 어떤 기분이었어요?"

"좋았어요. 아주 최고였죠."

"왜 그렇게 생각해요?"

아마도 멍청하고 시시껄렁한 이유들 때문이겠죠. 그런 이유들을 말한다면 시흐리트에게 모욕이 될 뿐만 아니라, 내 말솜씨에도 유감스러운 일이 될 거예요. 다만 우리의 대화가 매끄럽게 흘러가지 않는다는 이유만으로 나를 숙맥 같은 걸로 생각하지 말아줬으면 했어요. 그래서 시흐리트가 준 생일 선물에 대한 이야기를 풀어놓았어요. 그러자 아나 박사는 메모장에 뭔가를 끄적이면서 찻잔을 후후 불었고, 그때 거기에 있었던 사람처럼 고개를 끄덕였어요. 마치 내가 자신의 기억을 상기시키기라도 한 듯 "아주 사랑스러운 이야기네요"라고 맞장구를 치기도 했어요.

나는 고개를 끄덕이며 차를 한 모금 들이켰어요. 갑자기 자부심으로 가슴이 뿌듯해졌죠. 마치 내가 어려운 시험을 쳤는데, 아나 박사가 내가 1등을 했다고 막 말해준 것처럼 이상야릇한 뿌듯함이었어요. 그렇게 그 순간에는 안도했지만, 상담 후에 지하철역까지 걸어가다 보니 그런 감정이 서서히 사그라지는 걸 느꼈어요. 아나 박사에게 시흐리트에 대해 말한 것 자체가 멍청한 짓이었어요. 나는 뒤도 돌아보지 않고 발걸음을 재촉했어요. 휴대폰도 꺼버렸어요. 마치 언제라도 아나 박사가 전화를 걸어 내가 다른 사람의 답안지를 베꼈다는 사실을 알아냈다면서 여간 실망스러운 게 아니라고 책망이라도 할 것처럼 말이에요.

우리가 함께한 지 칠 주 정도 지났을 때, 시흐리트는 영양과 마음에 관한 책을 읽기 시작했어요. 채소를 더 많이 먹어야 하고 단백질과 지방산도 더 늘려야 한다고 했죠. "그러면 우리도 모르는 사이에 기분이 더 좋아질 거야." 나는 그날 밤에 이 말이 무슨 의미인지 묻지 않았어요. 그 대신 반쯤 놀릴 요량으로 "근데 자기야, 우린 밤마다 맥주 네 캔씩은 꼭 마시잖아. 딱히 좋은 습관이라고는 할 수 없겠지?"라고 말했어요.

"그치만 그건 꼭 필요한걸." 시흐리트가 너무 단호하게 말해서 이후로는 그냥 현명하게 입을 다물었답니다.

그 후로 오래지 않아 커다란 상자 하나가 배달되었어요. 시호리트가 주문한 구기자 열한 봉지와 말린 과일과 씨앗이 들어 있었어요. "아사이베리와 치아시드야. 머리에 좋대." 시호리트가 설명을 덧붙였죠.

나는 얼굴을 찌푸린 채 시호리트가 내 주방 찬장에 새로운 공간을 만들려고 여러 다른 티백들을 상자 하나에 쑤셔 넣는 모습을 마냥 쳐다보고 있었어요. "저 구기자는 얼마 정도 들었어? 이왕 사는 거 블루베리가 더 낫지 않아?" 나도 모르게 내 입에서 이런 질문이 흘러나와버렸어요. 하지만 시호리트는 완강하게 고개를 저었어요. "이게 약효가 더 뛰어나. 건강에 엄청나게 좋다고."

"마케팅 효과가 뛰어난 거겠지." 이런 내 말에 시호리트는 어깨를 한번 으쓱할 뿐이었어요. 그러고는 이렇게 구기자를 찬장 속에 넣어두어야 약효가 더 강해지기라도 한다는 듯이 아주 엄숙하게 주방 찬장을 닫았어요.

그날 저녁에 시호리트는 평소보다 훨씬 더 말이 없었어요. 무슨 문제가 있느냐고 물어보니, 배가 아프다고 해서 뜨거운 물을 물주머니에 담아 갖다주었죠.

봄이 무르익을수록 시흐리트와 나는 구기자차를 마시는 시간이 점점 더 늘어났어요. 시흐리트는 명상 앱을 내려받았고, "이게 너한테도 도움이 될 거야"라며 권유했어요. 나는 웃음을 터뜨리며 네가 휴대폰으로 명상을 다 하다니 믿을 수 없다고 대답했죠. 그러자 시흐리트는 "알았어"라고 한마디 툭 내뱉더니 내 앞에서 보란 듯이 명상 앱을 지워버렸어요. 하지만 며칠 지나지 않아 그 명상 앱 로고가 시흐리트의 휴대폰 화면에서 다시 번쩍이는 걸 발견했고 그러자 아까 거실 바닥 한복판에 왜 베개가 나와 있었는지 갑자기 이해가 되었어요.

얼마 지나지 않아, 시흐리트가 내게 처음으로 제대로 화를 내는 일이 생겼어요. 우리는 우리 사무동 앞 주차장에 서 있었는데, 로베르트가 영 좋지 못한 날이었죠. 테이저건 사건이 일어나기 바로 전이었고, 로베르트는 이제 더 이상 자신의 '담배'를 돌리지 않았어요. 우리는 며칠 동안 그저 그 악명 높은 발명품을 로베르트 혼자 피우는 모습을 지켜볼 뿐이었어요. 로베르트가 "내가 언제까지 이런 걸 견딜 수 있을지 잘 모르겠어"라고 말했고, 우리는 모두 고개를 끄덕였어요. 로베르트가 무슨 뜻으로 그런 말을 하는지 아주 잘 알고 있었거든요. 지난주에 우리는 나쁜 소식을 전해 들었어요. 이제부터 포르노와 스팸 게시물은 인도에 새로 생긴 감수팀으로 직접 전달된다는 소식이었죠. 우리는 주로 폭력과 학대, 여타 '문화적으로 민감한 사안'들에 집중하게 될 예정이었어요. 이제 아이러니와 인종차별의 경계가 흐릿한 게시물이나 협박 관련 게시물처럼 어려운 사안들만 떠맡게 생긴 거였죠. 문제는 포르노와 스팸은 클릭 한 번에 처리할 수 있어서 하루 500개 검토 목표를 채우기에 도움이 많이 되었다는 사실이었어요. 그런데 더 까다로운 게시물만 남게 생겼으니 근무 의욕이 정확도 점수와 함께 추락하는 게 당연했죠. "내 정확도가 또다시 80 아래로 내려갔어." 로베르트가 말하자 우리의 다정다감한 시흐리트가 로베르트를 진정시키려고 애를 썼어요. "내일 쥐오줌풀을 좀 갖다줄게. 차 마실 때 살짝 넣으면 돼." 시흐리트의 이 말에 나는 로베르트에게 윙크하며 "그걸 꼭 마셔야 한다는 부담감은 갖지 말고. 알았지?"라고 덧붙였어요. 그냥 고개를 끄덕이며 쿄와 루이스처럼 로베르트의 등이나 한번 두드리고 말 것이지, 내가 왜 그런 말을 했는지 지금 생각해도 여전히 이해가 가지 않는답니다. 그때 갑자기 시흐리트의 표정이 너무 화난 것처럼 보여서 휴식 시간 내내 눈도 제대로 맞추지 못했어요.

"왜 아무 말도 안 하는 거야?" 버스를 타고서야 겨우 물어볼 수 있었어요.

"네가 날 깎아내렸잖아." 시흐리트가 작은 목소리로 받아쳤어요.

잠이 부족해서 그럴 거라고, 두어 번 시흐리트가 나에게 침묵 전략을 사용할 때마다 속으로 다독였어요. 시흐리트는 그저 약간 피곤할 뿐이었고, 우리 둘 모두가 그랬던 거죠. 그 주 내내 나는 그렇게 계속 나 자신을 다독였고, 사실 그렇게 설득력이 부족한 이유도 아니었어요. 시흐리트는 항상 불면증에 시달렸거든요. 아주 일찍부터 눈치 채고 있었죠. 우리가 첫날밤을 보낸 이후로 쭉 시흐리트는 침대 속에서 자신을 꼭 안아주기를 원했어요. 하지만 시흐리트는 몸도 예나와는 달랐어요. 더 길쭉하고 날씬해서 쉽게 품을 수가 없었어요. 그래서인지 시흐리트를 안고 자는 날이면 결국에는 내 오른팔이 저려오기 시작했고, 다시 피를 통하게 하려면 잠깐씩 똑바로 돌아누워야 했어요. 그런데 내가 팔을 풀면 시흐리트는 이리저리 뒤척이다가 베개를 퍽퍽 치기 시작했죠. 그저 베개가 불편해서라더군요. 그래서 버찌 씨가 가득 든 베개를 주문하기도 했지만 별로 소용이 없었어요. 가끔 시흐리트가 잠들었나 싶다가도 갑작스러운 한숨 소리가 들리면 여전히 잠을 이루지 못하는구나 싶었죠. 한번은 새벽 5시에 오줌이 마려워 시흐리트를 깨우지 않으려고 더듬더듬 조심스럽게 침대를 빠져나오려는데, 시흐리트가 마치 슈퍼마켓에서 마주치기라도 한 것처럼 "어, 안녕" 같은 말을 해서 둘 다 웃음을 터뜨린 적도 있었어요. 시흐리트도 내가 푹 잘 수 있도록 나름대로 최선을 다해 배려했어요. 하지만 이따금 시흐리트는 갑작스럽게 잠꼬대를 하곤 했어요. 뭔가 알아들을 수 없는 말을 계속 지껄여댔죠. 그럴 때면 팔을 흔들어서 얼른 깨웠어요. 시흐리트가 무슨 헛것을 보든지 간에 빨리 없애주고 싶었으니까요. 그런 밤이면 우리는 어둠 속에서 일어나

앉았고, 나는 시흐리트가 완전히 진정될 때까지 꼭 껴안아 줬어요.

시흐리트가 무슨 꿈을 꿨는지 물어본 적은 한 번도 없었어요. 여러 생각이 떠올랐지만 나조차도 다시 떠올리기 싫은 것들뿐이었어요. 적어도 헥사의 책상에서 멀리 떨어진 캄캄한 밤에는 더더욱 생각하기 싫었죠.

그래도 어쨌든 시흐리트는 나에게 털어놓을 수밖에 없긴 했어요.

우리는 스포츠 바에 있었고, 시흐리트는 벌써 롱아일랜드 아이스티를 주문한 후였어요. 미셸이 그 칵테일을 자주 만들어보지 않았다는 건 분명했어요. 그날따라 미셸이 만든 칵테일이 너무 세서 남자들도 석 잔을 채 마시기가 힘들어 보였죠. 하지만 시흐리트는 전혀 다른 의견인 모양이었어요. 우리는 진지한 협상 과정을 거쳐 석 잔째 술은 둘이 나눠 마시기로 어렵게 합의를 보았어요. 집에 도착하자마자 시흐리트는 비틀거리며 화장실로 향했어요. 나는 머리카락을 잡아주었고, 볼일을 마친 시흐리트의 이마에 뽀뽀를 해줬죠. 한동안 우리는 그렇게 화장실 바닥에 앉아 있었어요. 내가 "괜찮아?"라고 묻자 시흐리트는 뭔가 웅얼거렸어요. 그러면서도 내 팔에 머리를 파묻은 채 고개를 들지 않았죠. 그렇게 앉아 있는 시간이 길어질수록 시흐리트의 침묵도 점점 더 묵직하게 느껴졌어요. 싸늘한 침묵이 아니라 뭔가를 요구하는 침묵이었어요. 나에게서 뭔가를 원하는 침묵 같았죠. 맞아요, 시흐리트는 '괜찮아?'라는 말 말고 다른 질문을 기대하는 게 분명했어요. 내가 너무 소심한 겁쟁이라서 차마 그 질문을 하지 못하고 있을 때, 시흐리트가 "오늘 오후에 기분이 별로였어"라며 앞서서 대답을 해버렸어요. 아, 어쩔 수 없이 직면할 수밖에 없겠네요.

"왜?" 나는 들릴락 말락 중얼거리는 소리로 물었어요. 그러고는 훨씬 전부터 깨끗하지는 못했던 변기에 물이 튄 자국을 빤히 쳐다봤어요.

"모르겠어." 시흐리트가 대답했어요.

하지만 시흐리트는 분명히 알고 있었고, 내가 그 문턱을 넘도록 도와주길 간절히 바라고 있었어요. 비록 나는 이렇게 함께 라디에이터에 기대어 앉아 있는 게 더 좋았지만, 시흐리트가 당장 필요로 하는 일은 아니었죠. "그럼, 혹시…" 결국 입을 떼긴 했지만 겨우겨우 말을 내뱉을 수 있었어요. "오늘 뭔가를 본 거야?"

시흐리트가 고개를 끄덕였어요.

"아주… 나쁜 거였어?"

시흐리트가 애써 어깨를 으쓱하려고 하자 내 팔에서 거의 삐끗 미끄러질 뻔했어요. "뭐, 딱히." 시흐리트가 대답했어요.

우리는 여전히 바닥에 앉아 있었어요. 나는 허리를 곧게 세워 앉았고 시흐리트는 반쯤 누운 상태였죠. 시흐리트한테는 변기 뒤편에 쌓아둔 두루마리 휴지가 보일 터였고, 그런 상태라면 시흐리트가 계속 이야기하기에 훨씬 더 수월할 거라는 생각이 들었어요. 그날 오후에 시흐리트는 어느 소년의 영상을 봤다고 했어요. 열두 살도 안 되어 보이는 남자애였는데, 방 안의 벽들이 온통 얼음 공주의 포스터로 뒤덮여 있었대요. "하얀 벽이 요만큼도 보이지 않았어." 이 말을 할 때 시흐리트는 미소를 짓고 있는 것 같았어요. 잠시나마, 시흐리트가 지금부터 하려는 말이 그리 심각한 일은 아닐 수도 있겠구나 싶은 희망이 생겼죠. 그 남자애는 휴대폰으로 자기 발 쪽을 찍고 있었는데, 엄지발가락과 검지발가락 사이에 칼을 놓고 칼끝을 꾹 눌렀대요. 마치 두 발가락을 분리하는 수술을 막 집도하려는 것처럼요. 한 손에 휴대폰을 든 채 다른 손으로는 칼을 누르는 게 엄청 어설퍼 보였대요. 결국 피를 보게 된 순간, 시흐리트는 영상을 꺼버렸다고 했어요.

"왜?" 내가 물었어요. 동영상은 당연히 끝까지 다 봤어야 하니까요. 시흐리트가 아는 한, 다음에 생식기가 등장하거나 제3자에 의한 학대 행위가 나왔을 거라고 했어요.

"도저히 끝까지 볼 수가 없었어. 그 영상을 보면 자꾸 뭔가가 떠올랐으니까." 시흐리트가 코를 킁킁거리며 맹맹한 목소리로 말했어요.

오, 뭐가?

마지못해 이렇게 묻긴 했지만, 이 질문을 입에 올리자마자, 눈을 감고 개똥으로 가득한 들판을 헤집고 뛰어다니는 기분이 들었어요. 시흐리트가 무슨 말을 할지 짐작이 갔으니까요. 온갖 종류의 영상들이 머릿속을 스쳐 지나갔어요. 발목, 손목, 거의 다 잊었다고 생각했던 달랑거리는 묶은 머리의 이미지까지 차례로 떠올라서 목에 땀이 송송 맺히는 게 느껴질 정도였죠. 금방이라도 토할 것 같다는 생각도 들었어요. 내 연인은 왜 이러는 걸까요? 이제껏 이 집 안에는 그런 쓰레기 같은 것들이 얼씬도 못 하도록 잘 막아왔는데, 이렇게 갑자기 시흐리트가 말하고 싶어할 줄은 몰랐어요. 변기만이 아니라 온 집 안을 더럽히는 기분이었죠. 시흐리트의 말은 타일 벽에 땟자국을 남기는 것 같았고 샤워실 하수구의 구정물이 역류하는 것 같았어요. 몇 주 내내 두려워하던 일이 벌어지고 만 거죠. 아사이베리와 명상 앱 때부터 불길한 예감이 들었지만, 일부러 태연한 척하며 애써 거리를 두고 있었거든요. 그런데 지금 우리는 차가운 화장실 바닥에 앉아 재앙을 불러들이려 하고 있네요. 시흐리트, 제발 그만해. 멈추라고.

하지만 시흐리트는 멈추지 않았죠. "어떤 아이가 떠올랐어." 시흐리트의 말에 나는 주먹을 꽉 쥐었어요. "어떤 여자애였는데, 몇 달 전 크리스마스 즈음에 봤을 거야."

이 크리스마스 소녀는 시흐리트가 그날 오후에 봤던 남자애보다 나이가 조금 더 많았대요. 칼 대신 면도날을 사용했고요. 영상이 시작되자마자 그 소녀는 눈 밑에 면도날을 가로로 대고 꾹 눌렀어요.

시흐리트는 그 소녀가 어떻게 자해를 해나갔는지 단계별로 말해줬어요. 단계마다 나는 우리의 가이드라인에 비추어 적합한지 아닌지를 따져봤어요. 실시간 방송이었다면 우리가 개입할 수 없었어요. 이론적으로 소녀의 구독자들이 여전히 도움을 줄 수 있는 상황이라면 그냥 내버려둬야 해요. 만약 영상이 녹화된 자료이고 등장인물이 '확실한 미성년자'로 보인다면 영상을 내리기 전에 일단 외국 사무소에 있는 아동 보호 부서로 보내야 하고요. 영상도 내려야 하죠. 모방 행동을 부추길 수 있으니까요. 혹시라도 뉴스 가치가 있는 영상이라면 그냥 올려둬도 되고요. 또 만약 영상을 업로드한 사람이 영상 속 자해하는 사람과 동일인이라면 반드시 '자해' 카테고리를 클릭해야 해요. 그렇게 함으로써 사용자들이 정신 건강 관련 정보를 얻을 수 있는 연락처 목록을 사용자의 소재지에 맞춰 열람할 수 있도록 하는 거죠. 사용자가 자살 협박을 하고 있다면 구체적인 시간과 장소가 언급되고 있고 그 시일이 닷새 이내일 때만 개입을 할 수 있어요. '자살 협박? 실시간 영상, 아니면 녹화본? 뉴스 가치? 확실한 미성년자?' 같은 의문이 후렴처럼 맴돌아서 시흐리트의 이야기가 제대로 들리지 않을 정도였어요. 한순간 시흐리트의 다음 말이 귀에 걸렸어요.

"뭐? 그 소녀를 찾아봤다는 거야, 지금?"

"응."

"진짜 그 여자애를?"

"그래, 온라인에서."

스티틱 씨, 아시다시피 우리 층에서는 필기구가 금지돼 있었어요. 어떤 것도 적을 수 없었고, 종잇조각 하나라도 가져갈 수 없었죠. 한번은 존이 민트맛 캔디를 가져오는 바람에 강제로 내놓아야 했어요. 그 포장지에 뭐라도 적으면 어떡하느냐는 이유였어요.(투명 잉크로 적어야겠죠, 아마?) 시흐리트의 경우에는 그 소녀의 이름을 외운 거였어요. 하루에도 얼마나 많은 이름들이 스쳐 지나가는데, 그걸 외우다니, 정말 대단하지 않나요? 우리의 총명하고 다정한 시흐리트는 연상법을 동원했어요. 날짜는 크리스마스 즈음이었고, 그 소녀의 이름은 노나 모르한Morgan 린델이었어요. 그래서 노 모나리자, 모건Morgan 프리먼, 초콜릿('린트 초콜릿' 아시죠?)으로 외웠대요. 시흐리트는 그날 저녁에 곧바로 집에서 노나의 프로필을 찾아봤어요. 동영상은 이미 사라진 후였어요. 자기 일을 그런 식으로 마주하는 건 거슬리는 일이었어요. '젠장, 벌써 내렸네'라고 시흐리트는 생각했지만, 그 일에 한몫한 사람이 바로 자기 자신이었죠. 시흐리트는 그 프로필이 진짜 그 소녀의 것인지 확신할 수가 없었어요. 하지만 사진 속 십 대 소녀는 그날 아침 영상에서 본 소녀와 너무 비슷하게 보였어요. '가족' 항목 아래에는 아무 사용자도 등록되어 있지 않았고, 프로필 사진 속에서 소녀는 한껏 밝게 미소 짓고 있었어요. 포토샵으로 깨끗하게 민 피부에, 분홍색 고양이 귀가 달린 머리띠를 착용한 모습이었죠. 이 모두가 당시 십 대들의 트렌드였어요. 하지만 어딘지 모르게 좀 과장된 느낌을 지울 수 없었어요. 시흐리트는 프로필 사진을 들여다볼수록 의심이 커져만 갔어요. 왜 이 '노나'는 다른 사람의 사진에 태그로 달리지 않는 걸까요? 이 계정 뒤에서 누군가는 이틀에 한 번꼴로 소녀의 새로운 셀피 사진을 올렸어요. 카메라를 향해 입술을 내밀며 매혹적인 표정을 짓는 사진이나 가끔은 고양이 수염이 달린 사진을 찍어 올렸죠. '즐겨찾기' 항목에는 만화 채널과 여러 화장품 브랜드, 한국 남자 아이돌 그룹의 팬페이지가 있었어요. 시흐리트는 이게 진짜 사용자 프로필이라기보다 십 대의 특징을 두루 모아놓은 가짜 프로필 같다고 생각했어요. 곰곰이 따져보면 모든 게 확실히 가짜 같았죠. 애당초 이 플랫폼에서 십 대가 무엇을 하겠어요? 이미 오래전에 십 대들은 십 대들만의 댄스와 립싱크 앱으로 옮겨갔다는 걸 다들 알고 있잖아요. 시흐리트는 프로필이 가짜라고 결론을 내렸어요. 그리고 면도날이 등장하는 그 동영상도 가짜였다고 결론지었죠. 그렇다면 시흐리트가 본 건 정확히 뭐였을까요? 뭐, 소녀의 뺨 위로 피가 흘러내리는 모습이 믿기 힘들 만큼 우아하지는 않았을 거잖아요? 한 번만 다시 그 동영상을 볼 수 있었다면 참 좋았을 텐데요. 그 겨울 저녁에 시흐리트는 자신이 한 작업을 두고 또다시 자책에 빠졌죠.

"정말 희한한 얘기네." 내가 말했어요. 우리는 여전히 화장실 바닥에 앉아 있었어요. 시흐리트는 아까보다 더 꼬꾸라진 자세로 누워 있었죠. 누가 봐도 시흐리트는 금방이라도 또다시 속을 게워낼 것 같은 모양새였어요. 하지만 시흐리트는 자세가 불편한 줄도 모르는 것 같았어요. 시흐리트의 침묵이 계속되기에 아직 얘기가 끝나지 않았다는 걸 알아챘어요.

"그러고 나서는? 무슨 일이 있었던 거야?" 내가 나지막이 물었어요.

"다시 가봤어." 시흐리트가 답했죠.

"그 소녀한테?"

"응. 정확히는 프로필 계정으로."

그때는 1월 3일이었어요. 시흐리트가 처음 노나의 영상을 본 이후로 삼 주 이상이 훌쩍 지나 있었죠. 그날 시흐리트는 비번이었는데, 피곤하고 지루했대요. 그런데 '노 모나리자, 모건 프리먼, 초콜릿'은 여전히 기억이 나더래요. 한편으로는 프로필을 찾을 수 없기를 바랐죠. 가짜 계정은 오래 유지되지 않는 법이니까요. 하지만 그대로 남아 있었어요. 똑같은 프로필 사진에 똑같은 콘텐츠였지만 큰 변화가 있긴 했어요. 노나의 페이지는 반 친구들과 선생님들, 이웃들, 육상부 친구들이 단 댓글로 넘쳐났어요. 그들은 모두 노나가 보고 싶을 거라고 글을 남겼어요. 아주 특별한 아이였고 약간 내향적이지만 아주 따뜻하고 다정한 친구였다고 말이죠. 시호리트는 그 자리에서 노트북을 탁 닫아버리고 장을 보러 나갔어요. 그리고 그날 저녁에 녹초가 된 몸으로 옷장을 전부 다시 정리했어요. 하지만 별 소용이 없었죠. 그날 밤 시호리트는 잠들 수 없었고, 얼마 지나지 않아 악몽이 시작된 거였어요.

그리고 얼마 안 있다가 나한테 접근하기 시작했지, 이런 생각이 번뜩 스쳤어요. 잠시 시호리트의 집요함이 새로운 의미로 다가왔지만, 한마디도 꺼내지 않고 그저 시호리트의 머리카락을 귀 뒤로 넘겨주었어요. 그렇게 한동안 우리는 바닥에 조용히 앉아 있었어요.

“그 영상이 실시간 방송은 아니었지?” 결국 내가 먼저 입을 뗐어요.

“응.” 시흐리트가 대답했어요.

“아동 보호 부서에 전달은 했고?”

시흐리트가 고개를 끄덕였어요.

“자살 징후도 없었고?”

시흐리트는 또다시 고개를 끄덕였죠.

“뭐, 그럼, 우리 자기는 최선을 다한 거야. 안 그래?”

시흐리트의 악몽은 롱아일랜드 아이스티를 마신 날 이후로도 끝나지 않았어요. 이틀에 한 번꼴로 자다가 깜짝 놀라 잠에서 깨어났고, 그럴 때마다 나는 시흐리트를 품속으로 끌어당겨 꽉 안아줬어요. 처음에는 “네 잘못이 아니야”라고 말했지만 시흐리트는 듣고 싶어 하지 않는 것 같았어요. 내가 하는 모든 말에 으르렁거리는 신음으로 반응했거든요. 나도 속으로는 다 알고 있었어요. 말하면서 끊임없이 옛일을 들추는 게 참으로 부질없다는 사실을 말이에요. 시흐리트는 녹색 채소를 더 많이 먹기 시작했고, 쓰

디쓴 약초차를 달였으며, '자연식품'을 담은 여러 유리병들을 냉장고에 쌓아두었어요. 내가 조심스럽게 그 식품들의 효능을 의심하는 말을 건네면 시흐리트는 곧바로 "네가 읽은 게 내가 읽은 것보다 더 낫다는 보장 있어?"라고 되받아쳤죠. 시흐리트는 내게 더 이상 기적의 요법들을 들이밀지 않았고 나도 다시는 물어보지 않았어요. 시흐리트는 우리 집에 자러 올 때마다 점점 더 일찍 잠자리에 들고 싶어 했어요. 심장이 빨리 뛰는 게 다 수면 부족 때문이라며, 어떨 때는 저녁 7시 30분이면 이미 이불 속에 들어가 있곤 했어요. 뭐, 솔직히 말할게요. 성생활은 거의 끝난 셈이었죠.

아나 박사에게는 한 번도 이런 말을 한 적이 없었어요. 특히 다음에 벌어진 일들은 입 밖에도 내지 않았죠. 세 번째 상담 바로 전에 전화로 취소했고, 그다음 주에 또 취소 전화를 했어요. 아나 박사는 시흐리트와 나에 대한 호기심이 좀 과했어요. 하지만 스티틱 씨, 당신은 이해하실 거라고 생각해요. 당신은 헥사에서의 생활이 어떻게 돌아가는지도 잘 알고, 내 동료나 우리의 일상에 대해서도 잘 아시죠. 그러니 이제부터 그 여름을 어떻게 보냈는지 말씀드릴게요.

어느 날 아침, 헥사에서 새로운 회사 내규를 뭉치째로 던져줬어요. 갑자기 벽과 창문에 인쇄물이 모조리 내붙었어요. 마치 학교 연극에 캐스팅된 게 누구일지 찾아보라고 하는 것처럼 멀리서 보면 무슨 명단 같았어요. 실제로는 간략하게 정리된 새로운 사무 규칙들이었죠. 첫째, 사무동 안과 주변에서 주류 금지. 둘째, 사무동 안과 주변에서 마약 금지. 셋째, 근무 현장에서 모자 금지. 그리고 제일 밑에 넷째로 사무동 안과 주변에서 성행위 금지가 적혀 있었어요.

우리는 모두 그게 수유실 문제라는 걸 알았어요. 며칠 전에 3층 수유실에서 세 사람이 들킨 이후로, 자물쇠를 뜯어내서 사람들이 문을 잠글 수 없도록 조치했거든요. 하지만 얼마 후 그 조치는 직원들의 항의로 다시 원상 복구되었어요. 그렇지 않아도 이전에 복도에서 몇몇 여자 직원들이 자물쇠가 없는 수유실은 불법이라고 불평해대는 소리를 듣긴 들었죠. 그렇다면 이 새로운 회사 내규가 이 문제를 해결할 수 있었을까요? 유치하다고 생각하겠지만, 오후 근무가 끝나갈 무렵에 시흐리트와 나는 3층으로 슬쩍 내려가봤어요. 상황을 확인해보려고 숨어든 사람은 우리만이 아니었어요. 수많은 다른 목소리가 수유실에서 들려왔어요. 복도에서 새로운 여자 직원과 함께인 존도 마주쳤어요. 어느새 우리의 임무는 객관적인 정찰에서 빈방 탐색으로 진화했어요. 이제야 말하는데, 정말 쉽지 않았답니다. 결국 그날 밤에는 건물 뒤 쓰레기통 사이에서 손가락으로 시흐리트를 애무하며 끝을 냈어요.

우리가 '사무동 안과 주변에서 성행위'를 한 건 그게 처음이었고, 효과가 아주 좋았어요. 뭐, 시흐리트가 차를 마시고 잠자리에 들고만 싶어 하는 우리 집에서보다 훨씬 더 좋은 게 당연했죠. 한마디로 색다른 청량제 같은 시간이었어요. 물론 그 후로도 우린 더 많은 걸 원했어요. 며칠 뒤에 비품 창고 같은 곳을 발견했는데, 여러 상자들과 뭔지 모를 물건들로 가득 찬 좁은 공간이었죠. 무슨 해체된 복사기 부품 같은 것들은 우리도 몇 번 가보고서야 뭔지 알아챌 수 있었어요. 시흐리트가 먼저 들어가서 유일하게 비어 있는 벽에 기대섰고, 나는 시흐리트를 위에서 아래로 애무하기 시작했죠.

그 비품 창고는 우리의 단골 장소가 되었어요. 아무한테도 들키지 않았죠. 처음 몇 번은 들키면 망신이라고 생각했는데, 점차 복사기 부품들 사이에서 우리가 하는 중에 누가 들어온다면 어떤 일이 벌어질지 궁금해지기 시작했어요. 가끔은 집에서도 이미 잠든 시흐리트 옆에서 그런 장면을 상상하며 자위를 하기도 했어요.

회사에는 엘리베이터가 있었지만, 우리를 위한 것은 아니었어요. 엘리베이터를 이용하려면 통행증이 필요했는데, 우리처럼 5층에서 일하는 낮은 직급의 감수자들에게는 발급되지 않았거든요. 그 통행증은 시흐리트와 나에게 성배 같은 존재가 되었죠. 우리는 제이미에게 혹시 통행증을 갖고 있느냐고 물어보기까지 했고, 제이미가 이유를 알고 싶어 하면 십 대처럼 키득거리며 웃어넘겼어요. 그 후 곧바로 우리는 계획을 세웠어요. 우리 근무가 시작되기 삼십 분 전에 시흐리트와 나는 복도에 자리를 잡았어요. 우리는 내 휴대폰을 같이 보는 척하면서 때를 기다렸어요. 마침 엘리베이터로 향하는 남자가 보이자 시흐리트가 "잠깐만요, 우린 10층으로 올라가요!"라며 남자를 불러 세웠죠. 그 순간 또다시 내 연인이 너무나 자랑스럽게 느껴졌어요. 실제로 남자는 마치 5층 천민들과는 다르다는 걸 보여주려는 듯이 가죽 서류 가방을 들고 있었어요. 남자가 잠시 주저하는 게 보였지만, 역시 점잖아 보이는 두 여성의 말을 거절할 도리는 없었을 거예요. 그래서 그 결과, 우리 셋은 좁은 상자 속으로 함께 들어서게 된 거죠. 마음속으로 그 남자 바로 앞에서 시흐리트의 셔츠 속에 손을 슬쩍 넣어 이리저리 만져보고 싶다는 충동이 들었어요. 찰나였지만 남자의 눈에 우리가 어떻게 비칠지 상상이 갔거든요. 바로 눈앞에서 두 여자가 일을 벌이는데, 심지어 한쪽은 그리 열을 올리지도 않고 충격과 공포로 놀라는 상황이라면 어떨지 말이에요. 어쨌든 남자가 혐오감과 함께 그보다 훨씬 더 성적 흥분을 느끼면서 우리 눈앞에서 발기라도 하게 되면 얼마나 수치스러워할지를 상상하니, 믿을 수 없을 정도로 흥분이 밀려왔어요. 남자는 8층에서 내렸고,

나는 문이 닫히자마자 시흐리트를 번호판 쪽으로 밀어붙였어요. 그러고는 곧바로 시흐리트의 다리 사이에 손을 갖다댔죠. 그런데 시흐리트가 젖기도 전에 10층에 도착하고 말았어요. '아쉽네.' 나는 속으로 생각했어요.

분명히 시간이 부족해서야.

바로 이 시기 동안, 마지막으로 남은 몇몇 직원들은 휴대용 술병에서 페트병으로 갈아탔어요. 그리고 7월쯤 되자 마리화나 흡연율이 최고조에 이르렀어요. 심지어 시흐리트는 어느 날 직접 제조한 칵테일 캔을 가져왔어요. 이건 완전히 새로운 일이었죠. 이전에 시흐리트는 다른 사람들이 주는 것만 마시고 피웠거든요. 그런데 이제는 값싼 진토닉에 미치도록 달달한 럼주와 콜라를 섞은 칵테일을, 그것도 수하임에 따르면 우리 혀에 대한 모독이라 할 만한 칵테일을 습관처럼 입에 달고 살게 된 거예요. 나는 아무 말도 하지 않았어요. 술과 치아시드라, 약간 괴상한 조합이긴 했지만, 뭐, 자기 몸이고, 더 이상 싸우고 싶은 마음도 없었어요. 게다가 내 생각에 우리 사이는 더할 나위

없이 좋았어요. 어느 오후가 생각나네요. 여름이었고, 우리는 창백한 얼굴에 햇빛을 받으며 담장에 앉아 있었어요. 나는 시흐리트의 아름다운 허리에 팔을 둘렀죠. 맞아요. 행복하지 않을 게 뭐가 있었겠어요? 직업과 친구가 있었고, 아름다운 여자를 안고 있었는데 말이에요. 그건 내가 감히 꿈도 꿔보지 못한 현실이었어요. 이전의 수많은 여름에도 점심시간이면 주차장에서 시간을 보내곤 했거든요. 그때는 홀로 다른 사람의 자동차에 기대앉아 다른 여자애들이 보지 못하게 숨어 있었죠. 거기에서 오래된 아스팔트 위에 점점이 붙어 있는 껌 자국만 그저 유심히 노려볼 뿐이었어요. 그러면서 제발 11학년의 키티가 다가와서 레즈라고 놀리지 않기를, 더 심하게는 옆에 앉아서 조용히 허벅지를 꼬집지는 말아주기를 애타게 기도하는 거죠. 그 시절을 되돌아볼 때면 지금 난 정말 축복받았다고 생각했어요, 스티틱 씨. 물론 우리가 했던 업무는 구역질 날 정도로 끔찍했지만 우리는 잘 처리할 수 있었어요. 어쨌든 시흐리트와 나를 포함한 우리 친구들은 한 팀이었고, 우리는 어떻게든 서로를 도우며 역경을 헤쳐나갈 터였으니까요.

그래요. 그 여름에 나는 그렇게 믿고 있었어요.

스티틱 씨, 혹시 지구 평면설이라고 들어보셨나요? 우리가 공 같은 구체가 아니라 거대한 반투명 돔이 덮인 플로팅 디스크 같은 원반 위에 살고 있다는 이론이에요. 이 이론의 추종자들은 태양과 달과 별이 모두 돔 위에 투사된 영상일 뿐이고, CIA가 우리를 할리우드 세트장의 엑스트라처럼 갖고 놀고 있다고 주장하죠. 이 지구 평면설의 추종자들은 꽤 큰 집단을 형성하고 있답니다. 무려 수백만 명에 이르는 추종자들이 게시판이나 채팅창을 통해 자신들의 주장을 퍼뜨리고 있어요. 현재 그들의 이름으로 등록된 영상은 5500만 편이 넘어요. "너무 많아서 평생을 봐도 다 못 볼걸요?" 예전에 추종자 한 사람이 이렇게 자랑스럽게 말하는 걸 들은 적도 있어요.

아시다시피, 헥사에서 일하면서 지구 평면설 자료를 정말 많이 접했어요. 플랫폼 사용자들은 자주 그런 자료들을 유해물로 신고했지만, 지구가 평평하다는 주장은 가이드라인에 위배되지 않았어요.(그뿐만 아니라 테러리스트의 공격이 실제로는 정부가 자행한 위장 술책이라거나 치명적인 바이러스가 실험실에서 제조되었다는 주장도 마찬가지였죠.) 여전히 우리는 매번 전체 영상을 쭉 훑어봐야 했어요. 모두가 알고 있듯이, 세상에는 중력의 기본 원칙을 깨뜨려보겠다고 갓난아기를 6층 창문 밖으로 내던지는 별종들이 종종 출몰하기 때문이었죠. 이런 영상들은 몇 분 이상이 넘어가면 신경에 거슬리기 시작했지만, 소위 '지구 평평이 밈'들은 그냥 웃겼어요. 나사 연구원들을 오즈의 마법사나 피리 부는 사나이로 묘사한 그림이라든가 공식적인 지구 사진에 드러난 '포토샵 오류'를 보여주는 자세한 도표 같은 것들 말이에요. 다른 음모론 커뮤니티와 비교해서 이 '지구 평평이'들은 좀 무해한 것 같기도 했는데,

국제회의나 티셔츠, 자체 제작 용품 등을 보면 또 아주 잘 조직된 집단 같았죠. 어느 오후, 나는 쿄의 손목을 가리키며 "그게 뭐야?" 하고 물었어요.

우리 넷이 버스 정류장에 서 있을 때였어요. 루이스가 헛웃음을 지으면서 고개를 절레절레 흔들었어요. 쿄는 "그냥 시계야"라고 대답하면서 시흐리트와 나에게 손목을 들어 보였어요. 언뜻 내가 보고 있는 게 뭔지 감을 잡지 못했어요. 시계 눈금판이 하얀 원으로 둘러싸인 지도 모양이어서, 뭔가 책에서나 볼 수 있는 환상 세계처럼 보였어요. 요즘 쿄가 심취해 있는 세계인 것 같았어요. 단, 눈금판 위를 덮고 있는 유리판이 약간 굴곡져서 종 모양이나 돔처럼 보이는 게 색다르긴 했죠.

"평평한 지구잖아." 루이스가 확실하게 내뱉었어요. 그러자 쿄가 손목을 얼른 잡아 빼며 "어, 그렇게 보지 마, 케일리"라고 중얼거렸고, 루이스는 또다시 헛웃음을 지었어요.

나 빼고는 다들 이미 쿄의 새로운 신앙 커뮤니티에 대해 알고 있는 것 같았어요. 이 어색한 상황을 어떻게든 무난하게 넘기자 싶으면서도 진짜 당황스러운 건 어쩔 수 없었죠.

“다 헛소리라고 생각하는 거지?” 쿄가 심통이 난 목소리로 물었어요. 마치 고양이가 깨뜨린 꽃병을 두고 억울하게 추궁당하는 십 대 소년 같았어요.

“미안하지만 지구는 둥글단다.” 내가 달래듯 답했죠.

쿄가 고개를 흔들며 “평평해”라고 고집을 피우자, 루이스는 내게 더 이상 질문하지 않는 게 신상에 좋을 거라며 농담조로 한 수 거들었어요. 하지만 이미 늦은 훈수였어요.

“왜 지구가 평평한데?”

“둥글다는 증거가 없으니까.”

“난 있다고 믿어.”

“좋아. 그럼 설명해보겠어?”

하지만 문제는 내가 설명할 수 없다는 점이었어요. 마지막으로 물리나 지리를 공부했던 게 언제인지 기억도 안 날 만큼 오래되었고, 솔직히 현재는 지구가 둥글지 않다는 주장의 논거만 떠오를 뿐이었어요. 다 쓰레기 같은 헛소리라는 것에는 의심의 여지가 없었지만요.

"봤지? 못 하잖아. 이제 지구가 평평하다는 증거는 아무도 부인할 수 없는 상황까지 왔다니까." 쿄가 의기양양하게 말했어요.

"과학자들이 왜 거짓말을 하겠어?" 내가 물으면서도 속으로는 이미 답을 잘 알고 있었죠. 이제 쿄는 정말 화가 난 것처럼 보였어요. "왜냐하면 이미 오래전부터 과학자들은 그래왔거든. 이제 와서 무심코 비밀을 누설하게 되면 지금껏 쌓은 신뢰가 모조리 무너질 테니까. 더 나아가 지위와 권력을 다 잃게 되는 거지."

"내부 고발자들이 있잖아." 옆에서 목소리가 들려왔어요. 바로 시흐리트가 쿄의 말에 고개를 끄덕이고 있었죠. "지구가 평평하다고 확인해주는 과학자들과 교수들이 있지만, 주류 언론에서 말하면 직장을 잃겠지." 시흐리트는 칵테일 캔의 뚜껑을 만지작거리면서 완전히 차분한 목소리로, 벽에 그림을 거는 사람한테 실용적인 조언을 하는 것처럼 별거 아니라는 듯 덧붙였어요.

"근데 여러분, 나도 그 영상들을 봤다고요. 알지? 단, 그건 진실이 아니야." 나는 애원하듯 말했어요.

"영 모르고 계시네." 이런 쿄의 반응에 나도 모르게 루이스를 보면서 절박한 표정을 지었었나 봐요. 누가 총구라도 들이댄 듯 루이스가 갑자기 양손을 번쩍 들었거든요. 그 행동을 해석하자면 친구, 난 참전하지 않겠네 정도가 아니었을까요?

"비행기가 다니지 않는데…" 시흐리트가 입을 뗐어요.

"아니, 그건 사실이 아니야." 내가 끼어들었어요.

"내가 무슨 말을 하려는지도 모르…"

"알아. 남반구 대륙 간에 직항편이 없다는 말을 하려던 거잖아. 비행시간 때문에 진짜 세계지도가 어떻게 생겼는지 다 드러날 테니까. 하지만 수많은…"

"그만, 나도 말 좀 하자!"

아, 미안. 즉각적으로 떠오른 생각이었어요. 나는 반드시 시흐리트에게 사과해야 했어요. 시흐리트는 친구들 앞에서 무시당하는 걸 싫어했거든요. 하지만 그때 쿄의 버스가 도착했고, 루이스가 남자다운 작별 인사를 한답시고 쿄의 등을 손바닥으로 쳤어요. 나도 재빨리 쿄에게 주먹 인사를 건넸죠. 쿄는 버스에 오르기 전에 한 번 더 뒤를 돌아봤어요. "알겠어. 다음에 다시 얘기해. 예전엔 나도 똑같았어." 갑자기 쿄는 성난 목소리가 아니라 자애로운 목소리로 마지막 인사를 전했어요.

쿄의 버스가 떠나자마자, 루이스가 현명하게 자리를 피해줬어요. 뒷주머니에서 휴대폰을 꺼내 드는 루이스에게 고마운 마음이 들었죠.

"정말 미안해, 끼어들어서." 나는 시호리트에게 사과했어요.

"괜찮아." 시호리트는 약간 건조한 어투로 대답하더니 내 손을 잡았어요. 나는 그 손을 꽉 쥐었지만 반응이 없었어요. 그저 힘없이 내 손에 잡혀 있었죠. 더 잡고 있었다간 시호리트의 손이 남아날 것 같지 않았어요.

그리고 얼마 지나지 않아 시호리트는 휴가를 떠났어요. 전 남자 친구가 바닷가 아파트를 빌려 지내던 중이었죠. "미키한텐 정말 최고지. 마음껏 뛰어다닐 수 있잖아." 시호리트는 한동안 피트와 함께 지내는 걸 생각해본 지 좀 되었다고 했지만, 내게는 갑작스러운 통보일 뿐이었어요.

8월 초에 떠나서 최소 이 주 동안을 피트와 함께 지내겠다니 말이죠.

“정말이지, 더 길어지면 안 될 거야. 다시 돌아오기가 힘들어지면 어떡해?”

“어디로 돌아오기가?”

“우리 업무, 가이드라인 말이야. 더 이상 따라잡을 수 없게 되면 어쩔 거야?”

시호리트는 내가 진심인지 의아한 표정으로 쳐다보았어요. “괜찮을 것 같아.”

시호리트는 바닷가에서 머리를 비울 수 있을 거라고, 그럴 시간이 자기에게 꼭 필요하다고 말했어요. 어쩌면 밤에 잠도 잘 자게 될 수 있을 거라면서요. 아니, 지금 내가 그걸 모르겠어요? 그럼, 밤에 누가 안아줄 건지 궁금해졌죠. 하지만 힘들게 굴고 싶지는 않았어요. 휴가를 떠나는 게 좋겠다고도 생각했고요. 아니, 솔직히 힘들게 굴긴 했네요. 몇 번이나 왜 나와 함께 가지 않는지 물어봤거든요. 그때마다 시호리트는 피트가 먼저 제안해서일 뿐이라고만 핑계를 댔죠.

"피트의 새 여자 친구도 오는 거야?"

"아니, 깨졌어. 내가 말 안 했던가?"

시흐리트는 떠나 있는 동안 날마다 사진을 보내왔어요. 주로 파도를 즐기고 있는 미키나 밀짚모자를 삐딱하게 쓴 채 해변 의자에 앉아 있는 미키처럼 반려견 사진이 거의 전부였죠. 그런 사진을 볼 때마다 미소가 절로 나왔지만, 사진의 배경에 피트의 엄지손가락이나 다리 한쪽이 조금 보이기라도 하면 미소가 사라졌어요. 그동안 나는 근무 중에 제대로 집중하지 못할 정도로 안절부절못하는 상태가 계속되었어요. 부품 창고에서 즐기던 작은 휴식이 그리웠고, 밤에는 손가락과 목, 어깨, 손목이 모두 욱신거렸어요.

어느 오후에는 메흐란에게 전화를 걸었어요. 그날 저녁에 메흐란은 우리 집 소파 옆자리를 차지하고 앉았어요. 우리가 못 만난 지도 수개월이 넘었어요. 마지막으로 우리 집에서 만났을 때 나는 케이블 회사의 고객 서비스 부서에서 일하는 게 어떤 줄 아느냐며 허풍 섞인 거짓말을 늘어놓았었죠. 지금은 우리 둘에게 아주 익숙한 사격 게임을 하는 중이었어요. 이 친숙한 게임을 통해서 어쩌면 예전의 관계로 돌아갈 수도 있지 않을까 하는 희망을 품고서요. 확실히 이전보다 어색한 침묵이 자주 흘렀거든요. 하지만 사격 게임은 별 도움이 안 되었어요.

"볼륨 좀 줄여줄래?" 이렇게 말하고는 스스로 깜짝 놀랐어요. 생각보다 목소리가 너무 크게 튀어나왔거든요.

"왜?" 메흐란이 되물었어요.

"너무 커서." 내가 답하자, 메흐란은 이해를 못 하면서도 소리를 아예 꺼버릴 수 있도록 배려해줬죠. 기관총 사격 소리와 칼라시니코프 소총 장전 소리도 귀를 때렸지만, 특히 캐릭터가 사살당할 때 내지르는 비명 소리가 문제였어요. 갑자기 가슴을 옥죄는 듯, 바닥에 있는 나초도 집지 못할 정도로 움찔했으니까요. 차라리 레이싱 게임을 했으면 싶었지만, 메흐란은 레이싱 게임을 좋아하지 않았어요. 물론 내가 하자고 했으면 즉시 그러자고 양보했을 테지만, 그러지 않았어요. 메흐란이 어떻게 나올지 눈에 선했으니까요.

그날 저녁, 작별 인사를 하면서 메흐란은 평소보다 오

래 나를 안아줬어요. 그 이후로 나는 메흐란에게 다시 전화를 걸지 않았죠.

이제 나는 홀로 남아, 괴로울 정도로 더디게 흘러가는 후텁지근한 여름 저녁을 견뎌야 했어요. 무더위 열기가 내 고통을 경감시켜주진 못했어요. 오히려 오른쪽 어깨에서 느껴지는 쿡쿡 찌르는 듯한 통증이 점점 더 심해져만 갔어요. 이런 고통을 좀 떨쳐보려고 한동안 하지 않던 짓을 하기로 했죠. 바로 포르노 시청이었어요. 시흐리트와 사귀기 전에는 집에 혼자 있을 때면 가끔 레즈비언이 이성애자 여성을 유혹하는 영상을 보곤 했어요. '룸메이트를 유혹하는 여대생' 같은 제목이었죠. 진짜 오랜만에 단골 포르노 사이트를 다시 방문하니, 곧바로 알고리즘 추천이 뜨더군요. 예전의 선호도를 반영한 새로운 작품이었는데, '이성애자 여성을 유혹하는 여자 마사지사' 같은 제목이 화면에 떴어요. 이 제목을 클릭하자 마사지 테이블 위에 어떤 젊은 여자가 누워 있는 게 보였어요. 약간 나이 든 금발머리 여자가 자그마한 수건들과 마사지 오일 한 통을 들고 들어서면서 안녕하세요라고 인사를 건넸어요. 그런데 그 순간 내게 이상한 일이 벌어졌어요. 갑자기 불안해지기 시작하면서 목이 뻐근하더니, 벌떡 일어서고 싶은 충동이 든 거예요. 특별히 기분 나쁜 영상이라서가 아니었어요. 그보다는 갑자기 너무 지루하다는 생각이 들었기 때문이었어요. 헥사에서 처음 몇 달은 이런 여자들이 나오는 영상을 수백 편이나 봐야 했어요. 하지만 그때는 여자가 마사지 테이블에 눕자마자 얼굴 위로 남자 성기 네 개가 한꺼번에 밀려들어왔어요. 반면에 내가 막 클릭한 영상 속 여자 마사지사는 '이성애자 여성'의 팬티를 여유롭게 문지르기 시작했어요. 마치 빌어먹을 자연 다큐멘터리를 보는 것 같았죠. 아니, 그보다 훨씬 더 재미없었는데, 모닥불이 타닥타닥 타는 영상 수준이었어요. 나는 빨리 감기로 팬티가 벗겨지는 순간까지 돌려버렸어요. 얼마 전까지만 해도 이런 영상이 충분히 자극적이라고 생각했는데, 이제는 너무 느린 속도에 분노가 치밀 정도였어요.

그날 저녁에 나는 다른 장르들을 찾아보기 시작했어요. 그래도 원하는 걸 찾지 못해서 단골 사이트를 버리고, 검색한 단어가 저장되지 않는 획기적인 검색 엔진으로 갈아

탔답니다.

시흐리트를 그리워한 사람은 나 혼자만이 아니었어요. 며칠 동안 갑자기 쿄가 잘 안 보이기에, 우리가 평평한 지구를 의심해서 여전히 기분이 상해 있나 싶었죠. 시흐리트가 해변으로 휴가를 떠난 지금, 수하임과 루이스, 로베르트와 나는 확실히 쿄에게 매력이 한풀 꺾인 것 같기도 했고요. 이제 쿄는 휴식 시간을 루이스가 한때 '샌님 뭉치들'이라고 불렀던 남자애들과 함께 보내는 일이 잦아졌어요. 당시 루이스를 포함한 우리 모두 이 별명이 그다지 통렬한 모욕은 되지 못했다고 느꼈어요. 새하얀 명품 운동화에 두툼한 폴로 면 셔츠를 입은, 학생들인지 뭔지 모를 이 남자애들은 의심할 여지 없이 '샌님'이라는 별명을 명예 훈장처럼 여겼거든요. 어느 오후에 그들은 우리와 몇 미터 떨어지지 않은 곳에 서서 같이 낄낄대고 있었어요. 쿄는 웃다가 숨이 막힌 사람처럼 양손으로 무릎을 잡은 채 숨을 헐떡이고 있었고요. "관심 종자들." 루이스가 작게 중얼거리기에 나도 고개를 끄덕였어요. 로베르트는 말간 눈으로 쳐다보고 있을 뿐이었어요. 그때 수하임이 고개를 흔드는 모습이 눈에 들어왔어요. 수하임은 쿄와 새로운 친구들한테 짜증이 나서가 아니라, 우리 수준이 너무나 천박해진 게 안타까웠던 거예요. 우리를 한번 보세요. 신경질적인 이웃이라도 된 듯 다른 사람이 즐거워하는 모습에 화를 내고 있었으니까요.

내가 기억하기로 그날은 로베르트가 중대 선언을 한 날이었어요. 우리가 스포츠 바에 서 있던 저녁, 술잔을 입에 대기도 전에 로베르트가 입을 열었죠. "할 말이 있어." 로베르트는 몸에서 마리화나 냄새가 풍겼지만 약간 긴장한 것 같았어요. 문득 '아, 우리 중에 누군가를 사랑하게 됐다며 고백이라도 하면 어쩌지?'라는 생각이 들었어요. 하지만 그 찰나에 로베르트가 이제 곧 우리를 떠날 거라고 발표했어요. "더 이상 헥사에서 일할 자신이 없어." 로베르트가 엄숙하게 또박또박 말하는 어투에서 여러 번 연습을 거쳐 고르고 고른 문장을 말하고 있다는 걸 알 수 있었죠. "이미 오래전부터 감당하기 벅찼어." 로베르트가 말을 마치기도 전에 수하임과 루이스가 다가가더니 셋이서 근육

질 팔로 얼싸안았어요. 마치 축구장에서 득점이나 돌이킬 수 없는 실점을 했을 때 볼 수 있는 모습 같았죠. "정말 용감해, 친구." 수하임이 속삭이자 로베르트가 고개를 저으며 "그냥 더 이상 인간 같다는 느낌이 들지 않을 뿐이야"라고 덧붙였어요.

"난 이해해." 나는 이렇게 말하면서 로베르트를 감싸 안았어요. 목 쪽에서 로베르트가 머리를 흔드는 게 느껴졌어요. "아니, 케일리. 넌 이해 못 해. 넌 집도 있고 여러 선택권이 있잖아." 로베르트가 작은 소리로 말했어요. 내가 미처 대답을 하기도 전에 수하임이 로베르트를 다시 붙잡았어요. "넌 괜찮을 거야, 알지?" 옆에서 루이스가 눈을 감고 한숨을 내쉬는 모습도 눈에 들어왔어요.

로베르트의 마지막 근무일은 딱 이틀 뒤였어요. 루이스가 로베르트의 이름이 새겨진 술잔을 건네자, 로베르트가 눈물을 글썽이며 술잔을 받았어요. 별일 아니라는 듯 담담한 표정의 루이스를 보니, 이렇게 이별 선물을 준비한 게 처음은 아닌 모양이었어요. 이런 생각이 들자 루이스도 한 번 감싸 안아주고 싶은 마음이 들었죠. 쿄도 로베르트에게 작별 인사를 고하러 왔어요. 둘은 오른손으로 악수하더니 다시 손가락을 걸고 손을 맞잡았어요. 언뜻 공중에서 팔씨름을 하는 것처럼 보였어요. 쿄가 "시흐리트가 없는 게 아쉽네요"라고 말하자 다들 고개를 끄덕였고, 나는 한순간 자기 연민에 빠져버렸죠. 시흐리트가 돌아올 때가 거의 다 되긴 했지만, 갑자기 외로운 과부가 돼버린 심정이었거든요. 그날 밤, 나는 클리토리스가 따갑고 쓰라릴 정도로 미친 듯이 자위를 했어요.

시흐리트가 돌아왔던 날은 폭염주의보가 뜰 정도로 무더위가 한창인 날이었어요. 주차장에는 직사광선이 쏟아졌고, 우리는 도저히 담장 위에 앉아 있을 수 없었어요. 뜨거운 벽돌에 맨다리를 데기 십상이었죠. 그런 날에는 담배를 피우지 않는 사람들은 실내에 머물렀고, 우리는 아래층 로비를 어슬렁거렸어요. 모두 이리저리 해체된 기분이었죠. 나는 폭설로 비행기가 뜨지 못하는 바람에 혼잡한 공항에서 바브라와 함께 열한 시간을 죽치고 앉아 있던 순간이 떠올랐어요. 그때처럼 사람들은 끼리끼리 바닥에 주저앉아 오렌지 조각을 돌리고 있었어요. 시흐리트와 나는 벽에 자리를 잡고 기댔어요. 생각 같아서는 당장이라도 부품 창고로 올라가고 싶었죠. 하지만 시흐리트가 돌아온 이후로 말도 제대로 걸지 못했기 때문에 우선 휴가는 즐거웠는지 묻는 말로 말문을 열었어요.

"괜찮았어." 시흐리트는 무심하게 대답했어요.

"그래?"

"응. 잠시 떠나 있는 것도 좋더라고."

내가 즉각적으로 반응을 하지 못하자, 시흐리트는 재빨리 내 뺨에 뽀뽀를 했어요. 어느새 쿄가 우리 앞에 서 있었어요. 쿄는 시흐리트에게 정말 보고 싶었다며 "근데 로베르트가 떠난 건 알고 있어?"라고 덧붙였어요.

그날 밤도 평소와 마찬가지로 시흐리트는 우리 집에 머물렀어요. 나는 시흐리트를 꼭 껴안았죠. 시흐리트가 팔을 풀자 나는 다시 꼭 껴안았어요. 결국 시흐리트가 "너무 더워"라는 말을 웅얼거리며 품을 벗어나긴 했지만요.

다음에 벌어진 일에 관해서는 말이죠, 스티틱 씨, 의견이 서로 다를 수 있답니다. 다시 말해서 시흐리트의 의견은 나와는 상당히 다르다는 말씀이죠. 물론 나는 시흐리트의 입장도 이해하고 있어요. 우리가 마지막으로 이야기를 나눌 때 시흐리트는 감정을 제대로 주체 못 하는 상태였거든요. 하지만 굳이 내 머리에 총을 대고 8월 15일에서 8월 30일 사이에 진짜로 무슨 일이 벌어졌는지 솔직히 털어놓으라고 하신다면, 이렇게 말씀드릴 수밖에 없네요. 내가 아는 한 너무 심한 일은 일어나지 않았다고 말이에요. 아니, 오히려 너무 별게 없었죠.

시흐리트가 돌아온 후로 우리는 부품 창고를 몇 번 더 들락거렸어요. 한번은 시흐리트가 우리 영상을 찍자고까지 했죠. "나중에 우리가 같이 볼 수 있게 말이야"라면서요. 믿으실지 모르겠지만, 나는 살짝 감동했어요. 내 생각에 시흐리트가 휴가를 같이 못 간 보상을 해주려고 그러는 것 같았어요.(하지만 전혀 그럴 필요가 없었어요. 나로서는 시흐리트가 돌아왔다는 사실 하나면 충분하고도 남았으니까요.) 제3의 디지털 눈이 우리를 따라다닌다는 생각에 몹시 흥분되었죠. 실제로 더 달아올랐던 게 기억나네요. 그 영상을 다시 돌려볼 짬을 내지는 못했어요. 왜인지

나는 모르겠지만요.

그날 오후 이후로 상황이 변했어요. 시흐리트는 점점 더 핑계를 대며 3층에 가지 않으려고 했어요. 어떤 날은 참치 샌드위치를 먹어서 메스껍다고 했고, 또 어떤 날은 피곤하다고, 또 다른 날은 채식 라자냐를 만들려면 파스타 시트를 물에 담가놓아야 하기 때문에 첫 버스를 타고 싶다고 했어요. 하지만 나는 별로 놀랍지 않았죠. 예전에 바브라가 오랜 친구에게 하는 말을 우연히 들은 적이 있었거든요. "서로를 잘 알게 될수록 성생활은 어색해지는 법이지." 당시 설명처럼 이 말이 독서 클럽의 다른 친구들에 관한 말이었는지는 여전히 의심스러웠지만, 그때 우리 관계에 무서울 정도로 딱 들어맞는 설명이었어요. 그래서 시흐리트가 상한 참치 샌드위치 얘기를 꺼냈을 때도 이제 우리 관계가 다음 단계로 나아가게 된 거라고만 생각했죠. 시흐리트의 은근한 거절을 친밀함의 증거라고 여겼던 거예요. 이해하시겠어요?

그때쯤엔 이미 시흐리트는 우리 집에서 같이 살고 있었는데, 바닷가 아파트에서 둘이 사는 게 어떻겠느냐고 할 때가 부쩍 많아졌어요. 피트가 세를 깎아줄 거라고 장담하면서 말이죠. 심지어 피트를 소개해주겠다고도 했어요. 이미 우리 두 사람한테 서로에 대한 이야기를 많이 해두었다면서 피트가 나를 궁금해한다고 했죠. 결국 어느 오후에 우리 셋은 미키를 데리고 마을 끝자락에 있는 호숫가로 산책을 나가게 되었어요. 내 생각에 우리는 서로의 발걸음을 맞추려고 너무 예의를 차리다 보니 걷는 속도가 고통스러울 정도로 점점 더 느려졌고, 피트는 자신이 투자한 대나무 농장에 대해 늘어놓았어요.

그동안 시흐리트는 예전보다 술을 훨씬 덜 마시게 되었어요. 잠도 좀 더 잘 수 있게 되었고요. 나는 잠을 약간 설치게 되었고, 이제 우리는 부품 창고에 거의 가지 않게 되었어요. 뭐, 그래도 이 두 가지가 연관이 있었다고까지는 말하지 않을래요. 시흐리트를 깨우지 않을 만큼 예의는 차렸다고 해두죠. 한두 번쯤은 시흐리트 옆에서 자위를 했어요. 그래야 잠들 수 있었거든요. 장담컨대 시흐리트가 똑같이 그랬더라도 세상에서 제일 평범하고 타당한 행동이라고 생각했을 거예요. 그러니 스티틱 씨, 이제 총을 내려놓으시죠. 그동안 벌어진 일은 이게 전부랍니다. 우리는 미래를 함께 그렸어요. 한 번에 채무를 변제하고(나), 영양학을 공부하고(시흐리트), 몰티즈를 입양하고(시흐리트), 진짜 같이 살자고 말이죠. 내가 "돈을 더 많이 벌 수 있는 직업을 찾아야겠어"라고 말하자, 시흐리트는 "자기가 말하는 건 일반적인 직업이란 거지?"라고 맞받아치기도 했어요.

하지만 시흐리트는 전혀 다르게 주장하고 있죠. 이제는 우리의 마지막 주와 심지어 그 이전의 기억들까지 메러딧 이모의 책장 선반 위에 있는 황철광 덩어리처럼 느껴져요. 가장 좋은 상황에 있을 때는 진짜 금덩어리처럼 보이지만, 불을 꺼버리면 그 광석은 푸르스름한 은빛으로 변하죠. 게다가 밤에는 가까이에서 보면 새까만 석탄 덩어리처럼 보이잖아요.

자, 그럼 다음 질문이요. 시흐리트가 떠나버린 8월 30일에 어떤 일이 있었느냐고요? 음, 이 질문이 좀 더 까다롭네요. 나는 때로는 다 이해한다고 생각하면서도 금세 또다시 시흐리트가 한 말과 내가 한 말, 그날에 이르기까지 우리가 했던 일과 하지 않았던 일을 과도하게 분석하기 시작했어요. 그러고 나면 또다시 내 기억을 의심하곤 했고요. 잠시나마 내 기억이 조금은 다르게, 그리 심각하지 않게 해석될 수 있다는 생각을 하면 속에 꽉 박힌 돌덩이가 살짝 치워졌다가도, 몇 번 숨을 내쉬고 나면 돌덩이가 다시 돌아와 박혔어요. 시흐리트의 마지막 말이 떠올랐기 때문이죠.

한마디로 말하면, 8월을 하루 남겨놓은 날에 대한 내 기억에는 수많은 다른 해석이 붙을 수 있다는 말이에요. 그러니 우선 그 금요일에 정확히 무슨 일이 벌어졌고 어떤 말들이 오갔는지를 말씀드릴게요.

내가 주차장으로 나간 시간은 2시 20분이었어요. 몇 주간 계속되던 타는 듯한 열기는 한결 누그러진 늦여름 햇살에 자리를 내주며 물러났고, 별안간 가을을 기대하게끔 하는 날씨가 되었죠. 격자무늬 목도리와 고무 덧신, 다람쥐, 솔방울 모으기 등이 떠오르자 가슴이 일렁거렸어요. 개인적으로 이런 것들에 관한 추억은 거의 없었지만, 초등학생

때부터 가을이라고 하면 으레 그런 것들을 떠올리도록 배웠기 때문이겠죠. 더욱이 솔방울 모으기를 해보고 싶다는 기대는 억누르기 힘들었어요. 매년 9월이 돌아올 때마다 나는 이상하게 신이 나고 약간 감성적이 되곤 해요.

바로 그때, 시흐리트가 쿄와 같이 서 있는 게 눈에 들어왔어요. 둘은 주차장 한복판에서 쿄의 새로운 친구 두 명과 함께 있었어요. 이 두 남자는 약간 볼품없어 보였는데, 하나는 회색 야구 모자를 쓰고 있었고, 다른 하나는 구김없는 평퍼짐한 비옷을 입고 있었어요. 그 둘도 가을 분위기에 면역이 없는 모양이었어요. 쿄가 시흐리트에게 다가가자 모자와 비옷도 합류하게 된 거라는 생각이 들었어요. 그렇다면 이제 내가 예의 바르게 자기소개를 할 차례인가 싶었죠.(기분이 좋았던 날이라고 이미 말했잖아요. 그죠?) 그때 루이스가 우리 담장에 홀로 앉아 있는 게 보였어요. 루이스도 나를 보고 한 손을 들어 손짓했어요. 내가 꼭 올 거라는 확신이 없어 보이는 손짓이었어요. 하지만 나는 모자와 비옷과는 그다지 어울리고 싶은 마음이 없었고, 시흐리트와는 곧 볼 테니까 괜찮겠다 싶었어요. 그래서 우리 담장에 대한 의리를 지키기로 마음먹고 루이스 옆에 앉았죠. 루이스가 내 등을 쳤고, 우리는 목소리를 가다듬으며 인사를 나눴어요.

시호리트는 우리한테 오지 않았어요. 계속 쿄와 함께 있었고, 새로운 친구들한테 불을 빌리는 모습이 보였어요. 금세 루이스와는 할 말이 동이 나고 말았어요. 눈앞에서 쿄와 시호리트를 바라보고 있자니 구경꾼이 된 것 같았고, 우리는 점점 더 말이 없어졌죠. “근데, 우리…”

“잠깐 저기로 가볼까?” 루이스가 입을 열었고, 우리는 서로 고개를 끄덕이고는 담장에서 내려왔어요.

“어, 안녕!” 시호리트가 우리를 보고 인사를 건넸어요. 우리가 올 줄 몰랐다는 듯한 목소리였어요. 마치 예의상 살사 댄스반의 지인에게 파티 초대를 했는데 그들이 파티의 첫 손님으로 등장한 것처럼 어색했죠. 시호리트는 모자와 비옷한테 우리를 소개했지만 나는 뭔가 이상한 분위기가 느껴져서 둘의 이름도 잊어버렸어요. 두 남자는 루이스를 흘끔거리며 알 수 없는 눈짓을 교환했어요. 루이스는 “우리가 방해가 되었나요?”라고 물어볼 수밖에 없었죠.

"물론 아니지." 시흐리트는 이렇게 말하고 나서 오랫동안 내가 화를 낼 수밖에 없을 법한 행동을 했어요. 그 질문에 곧이곧대로 대답을 한 거죠. "우린 소로스에 대해 이야기하고 있었어." 시흐리트는 최대한 아무렇지 않게 들리도록 애를 쓰는 것 같은 목소리로 말했어요. 별것 아니라는 듯, 그저 세계에서 가장 부유한 유대인이자 더 나아가 세계에서 가장 미움받고 있는 유대인인 조지 소로스에 대해 말하고 있었을 뿐이라고 말이죠.

갑자기 모두가 루이스를 쳐다봤어요. 쿄와 시흐리트, 모자, 비옷, 심지어 나까지. 정말 빌어먹게 멍청한 행동이었죠. 하지만 루이스는 침착했어요. 그저 헛웃음을 지으며 "아, 소로스 말이군. 우리의 그 선한 자선가 양반. 그에게 맡겨둔다면 난민촌에서 흘러나오는 구정물이 우리 발목까지 잠길 텐데. 그지?"•라고 말했을 뿐이에요.

나는 비꼬는 말이라는 걸 바로 알아챘지만, 모자와 비옷은 방금 들은 말을 믿지 못하겠다는 듯 서로를 쿡쿡 찔

• 헝가리 출신의 미국 투자자 조지 소로스는 이민자를 돕는 헝가리 시민 단체를 지원해왔다.

러댔어요. 자신들이 아는 유일한 유대인이 세계에서 가장 유명한 유대인을 욕하고 있었으니까요.

"하지만, 정말 그래." 쿄가 엄중한 목소리로 말했어요. 루이스의 삐딱한 성격을 잘 알고 있어서 더욱더 정색을 하면서 말을 이었어요. "그자가 계속 이렇게 나온다면 결국 난민들이 이곳을 차지하게 될 거라고요. 그러면 아무도 해결하지 못하겠죠."

"암, 분기탱천할 일이지." 루이스가 맞장구를 쳤어요. 이제야 모자와 비옷의 어설픈 안테나도 이게 조롱하는 말이라는 걸 알아채게 되었어요.

"나라면 그렇게 가볍게 넘겨버리지는 않을 텐데요." 모자가 말했어요.

"설마 소로스가 뭘 하고 있는지 모르는 건 아니겠죠?" 비옷이 끼어들었어요.

"소로스가 뭘 하고 있는지 아주 잘 알고 있어요. 내가 여러분보다 여기서 좀 더 오래 일했거든. 알겠어요, 아가씨들?" 루이스는 '뭘 하고 있는지'에 손짓으로 따옴표 표시를 하며 답했어요. 루이스가 막 돌아서려고 할 때 모자가 "소로스의 조부모에 대한 슬픈 이야기도 가짜란 건 알죠?"라고 덧붙였고, 비옷도 고개를 끄덕이며 "홀로코스트는 아예 일어나지도 않은 일이었을 거예요"라고 동조했어요.

루이스는 가던 길을 멈추고 둘을 쳐다봤어요. 그 둘이서 루이스의 셔츠에 대고 조약돌 하나를 던지기라도 한 것처럼요. 화가 나서라기보다는 믿을 수 없다는 심정이 더 커 보였어요. 루이스가 "잠깐만. 상상 이상으로 무식한데?"라고 말하고 다시 돌아서려는데, 비옷이 조약돌을 연거푸 던졌어요. "그치만 진짜잖아요. 아니에요? 그렇게 해서 소로스는 권력을 얻게 된 거죠. 역사상 가장 큰 거짓말에 돈을 대고 있는 자가 누구라고 생각해요?"

역사상 가장 큰 거짓말이라는 말은 이전에도 들은 적이 있었어요. 제2차 세계대전 동안 가스실이 존재했다는 사실을 증명하는 증거가 거의 없다는 것을 단계별로 '설명'하는 동영상이 바로 그렇게 시작했어요. 수용소에 갇힌 유대인들은 감염병으로 죽은 것이고, 그 감염병에 쓰인 치료제가 나중에 유대인들 옷에서 발견된 치클론 B라는 '완전히 무해한 살충제'였다고 주장하는 영상이었죠. 그런 동영상들은 홀로코스트 부정이 범죄로 명문화되어 있고 지역 당국이 범죄자들을 적극적으로 형사 입건하는 국가들(독일, 프랑스, 이스라엘, 엉뚱하게도 오스트레일리아 같은 나라)에서 업로드되었을 때만 삭제하도록 되어 있었어요. 이렇게 머릿속으로 정리를 하는 동안, 바로 눈앞에서 벌건 대낮에 치명적인 충돌 현상이 벌어지고 있었어요.

"제2차 세계대전 동안 유대인이 얼마나 죽었는데요? 기껏해야 40만이에요." 비옷이 쏟아내기 시작하자, 모자가 이어받았어요. "러시아군 2000만에는 비할 게 아니죠."• 그러자 비옷이 가속페달을 밟았어요. "하바라 협정은 들어보셨나요? 나치와 유대인이 이스라엘 병합을 정당화하기 위해 협력한 사건 말이에요."

이러는 내내 루이스는 놀랍도록 조용했어요. 날카롭게 목을 가다듬고는 쿄를 향해 고개를 끄덕이며 입을 뗐죠.

• 실제로 제2차 세계대전 중 사망한 유대인은 600만 명 이상으로 추산된다. 러시아인은 민간인을 포함해 2600만 명이 사망한 것으로 추산되며, 그중 군인의 수는 약 1200만 명이다.

"야, 너도 이런 걸 믿어?" 쿄는 나를 한번 쳐다보고 나서 시흐리트를 봤다가 자기 손을 내려다봤어요. 그러더니 루이스를 쳐다보지 않은 채 입을 열었어요. "뭐, 가스실 부분은 좀 현실성이 없지."

"현실성이 없다고?" 루이스는 분노가 아니라 애원이 담긴 목소리로 되물었어요. 나는 아까 확신이 없는 손짓을 했던 루이스가 떠올랐어요. 그제야 루이스가 얼마나 위태로운 상황이었는지 이해가 갔어요. "그럼, 우리 할아버지가 아끼던 삼촌이 가스실에서 돌아가신 사실은 어때? 이것도 현실성이 없어?"

모자와 비옷은 서로를 쿡쿡 찔러댔어요. '우리 할아버지가 아끼던 삼촌'이라는 말이 너무 게이 같아서 웃겼던 거죠. 루이스도 그 둘이 키득거리는 소리를 들은 게 분명했지만, 오로지 쿄만 쳐다보고 있었어요. 루이스가 가장 사랑하는 친구는 쿄였기에 쿄에 대한 배신감이 가장 컸던 거예요.

쿄는 여전히 자기 손을 내려다보고 있었어요. "모르겠어." 그러자 갑자기 루이스가 또다시 헛웃음을 지으며 냉정하게 고개를 끄덕였어요.

그러고는 쿄에게 곧장 달려들었죠. “야, 너 왜 그래? 어디서 이런 파시스트들과 어울리고 있어? 무슨 열등감으로 빌어먹을 백인 우월주의자들을 빨아주냐고? 젠장, 너도 반은 파키스탄 핏줄이잖아! 세상에, 쿄, 누가 알았겠어? 외모만 뚱뚱한 돼지인 줄 알았더니, 뇌에도 돼지고기를 갈아 넣었잖아. 야, 저 지랄 같은 새 친구들한테도 지구가 평평하다고 말했냐?”

“뭐, 실제로…” 비옷이 웅얼거렸지만, 루이스는 듣지도 않았어요. “어? 이 자식, 네 보물은 어디 갔어?”

그제야 나도 쿄가 더 이상 평평한 지구 시계를 차고 다니지 않는다는 걸 알아챘어요. 쿄는 그저 가만히 서서 고개를 흔들었어요. 모자와 비옷 앞에서 체면을 차려야 할지, 루이스 얼굴에 주먹을 날려야 할지, 어쩔 줄을 모르겠다는 표정이었죠. 그런데 바로 그때 시흐리트가 끼어들었어요. “자, 잠깐, 이만하면 됐어.” 세상에, 나는 시흐리트가 너무 사랑스러워서 다리에 힘이 풀려버릴 정도였어요. 나의 시흐리트가 잘못된 출발은 했지만 결국에는 경기 결과를 결정짓는 주자가 된 것 같았거든요. 나는 고개를 끄덕이며 "시흐리트 말이 맞아요, 여러분. 이만하면 됐어요!"라고 맞장구를 쳤어요.

잠시나마 긴장 상태가 완화된 것 같았어요. 남자들은 이미 서로를 쳐다보고 있었고, 형제처럼 서로의 등을 한 번 두드리고 끝내면 될 것 같았죠. 하지만 그때 시흐리트가 괜히 한마디를 더 보탰어요. "양쪽 다 할 말이 있는 거겠지." 시흐리트의 엄숙한 선언에 나는 고개를 돌려 쳐다보았어요.

정말, 나의 시흐리트가 너무 얇은 감이 있는 여름 바지 주머니에 양손을 찔러 넣은 채 한껏 높이 올려 묶은 머리를 달랑거리며 서 있었어요. 가까이 다가가면 금세 담배 냄새와 시흐리트가 제일 좋아하는 사과 향수 냄새가 풍겨왔죠. 나는 이 향수가 별로였지만 어쨌든 흥분되긴 했어요. 맞아요. 시흐리트, 내 여자 친구. 나는 그녀가 절정에 이르렀을 때 어떤 표정인지 알고 있었고, 그녀의 엉덩이에 있는 점들을 이어 지도도 그릴 수 있었어요. 그녀의 어린 시절 반려동물의 이름도 다 알고 있었고, 버스에서 가장 선호하는 자리와 가장 좋아하는 수면 자세도 알고 있었죠. 나는 시흐리트가 우는 소리를 들었고 토하는 모습도 봤어요. 시흐리트가 화장을 하거나 소변을 볼 때 함께 화장실에 있어도 괜찮았고요. 또 정돈된 침대는 섹시하지 않다고 생각한다는 것도 알았어요. 나는 시흐리트가 어떤 것에 불만인지 표정만으로도 알 수 있었죠. 시흐리트는 심지어 밤에 무엇 때문에 잠들 수 없는지까지 내게 다 털어놓았어요. 이런 모든 것들로 인해 나는 시흐리트를 잘 알고 있다고 느꼈지만 어쩌면 내가 틀렸던 걸지도 모르겠어요. 아마도 시흐리트를 전혀 모르고 있었나 봐요. 이런 생각 때문에 초조해졌고, 정말 그렇다면 반드시 확인해봐야겠다고 마음먹었죠. 어쩌면 이런 생각 때문에 다음의 말이 나도 모르게 튀어나온 것 같아요. "미안한데, 뭐라고?"

"그러니까, 내 말은…" 시흐리트가 입을 열었어요. 하지만 너무 늦어버렸어요. 더 이상 듣고 싶지 않았죠. 뭔가 잘못 돌아가고 있다는 게 느껴졌고 내 입을 닫아야 할 때라는 것도 알았어요. 심지어 머릿속으로는 사과를 하고 있었어요. 또다시 시흐리트의 말을 끊었으니까요. 하지만 나도 어쩔 수가 없었어요. 마치 금속관을 통해 헛소리를 잔뜩 처먹인 거위처럼 속에 멍청함이 가득 차서 어떻게든 밖으로 내뱉을 수밖에 없었죠. "오직 똥멍청이들만이 홀로코스트가 존재하지 않았다고 믿는다고!"

루이스마저도 깜짝 놀란 것 같았어요. 하지만 내가 아니라 시흐리트를 쳐다보고 있었죠. 누구도 아닌 여자 친구에게서 이런 면박을 당한 시흐리트가 어떻게 반응할지 궁금했던 거였어요. 어느새 남자들이 모두 한꺼번에 말을 내뱉기 시작했어요. 모자는 비옷에게 말을 걸었고, 루이스는 쿄에게 온갖 소리를 질러댔죠. 서로의 말이 들리지 않을 정도였어요. 논쟁은 비난하는 삿대질과 간간이 들려오는 욕설의 불협화음 속에서 길을 잃었어요. 남자들은 일부러 야단법석을 떠는 것처럼 보였어요. 시흐리트와 나 사이에 소음 장벽을 세워 나를 도와주려는 듯이, 어찌할 수 없는 후폭풍으로부터 우리를 보호해주려는 듯이 말이죠.

"꺼져버려." 시흐리트가 이를 갈며 호통치고는 어디서 본 영화에서처럼 내게 다가와서 귓속말로 속삭였어요. "우린 끝났어, 케일리."

시호리트가 떠나버리자 남자들은 조용해졌어요. 내 기억으로는 우리 다섯 명이 그대로 서서 시호리트가 가는 모습을 내내 지켜본 것 같아요. 내가 제일 앞에 섰고, 내 양옆으로 루이스와 쿄가 경호원처럼 지켜 섰으며, 모자와 비옷이 바로 내 뒤에 서 있었어요. 마치 내가 실연에 무너지거나 쓰러질 때를 대비해서 서 있기라도 한 것 같았어요.

그때 이후로 시호리트를 보지 못했어요. 근무가 끝나기 세 시간도 전이었는데 사물함에서 휴대폰을 꺼내고는 곧바로 버스 정류장으로 향한 모양이었어요. 나는 그날 밤에도 다음 날에도 전화를 걸었지만 시호리트는 받지 않았어요. 시호리트가 그 주의 주말 근무도 취소한 사실을 알고는 깜짝 놀랐죠.

그래요. 내가 시호리트의 기분을 상하게 했어요. 잘 알고 있다고요. 게다가 그냥 기분만 상하게 한 게 아니라, 사람들 앞에서 시호리트를 깎아내린 거였어요. 그녀가 제일 싫어하는 일이었죠. 내가 멍청했다는 건 부인할 수 없었지만, 시호리트의 반응도 뭐랄까 약간 초점이 나가 있는 듯했어요. 거의 나를 도발하려고 애쓰는 것 같았죠. 제일 먼저 소로스 얘기를 꺼낸 사람도, 내가 음모론 같은 헛소리는 믿지 않는다는 것을 잘 알고 있는 사람도 시흐리트였어요. 게다가 쿄와 논쟁을 벌이게 되면 이전에 했던 지구 평면설에 대한 논쟁처럼 똑같이 흘러갈 거라는 건 불을 보듯 뻔했어요. 시흐리트도 그 결말을 잘 알고 있었을 텐데, 혹시 그렇게 되길 바랐던 건 아닐까요? 어쩌면 일종의 시험이었는지도 모르죠. 내가 함정에 걸려든 걸지도요. 이번에는 내가 나 자신을 잘 통제할 수 있는지 알고 싶었던 거예요. 그렇다면 이제 내가 그럴 수 없다는 걸 알게 되었는데, 왜 일까지 날려버리느냔 말이죠. 그럴 이유가 없잖아요. 도대체 상황이 어떻게 돌아가고 있는 거였을까요? 여기에서 내가 못 보고 있던 게 뭐였죠?

어쩌면 쿄 때문일지도요. 쿄가 시흐리트를 좋아한다는 건 분명했어요. 시흐리트는 쿄의 존경 어린 사랑에 보답하려는 마음에서 쿄를 다치게 하고 싶지 않았던 거겠죠. 맞아요. 어쨌든 쿄의 마음에 응할 수 없는 게 마음 아팠고, 그 죄책감에 더 이상한 소리를 하게 된 걸지도요. 그런데 그렇다면 왜 나한테 그렇게 화를 냈던 거죠? 시흐리트의 반응은 정말 이해하기 힘들었어요. 시흐리트가 야간 근무조에서 일하기 시작했다는 사실도 수하임을 통해서야 알 수 있었고요. 세상에나, 수면 문제가 있는 사람이 야간 근무라뇨?

스티틱 씨, 정말 미칠 노릇이었어요. 계속 말을 이어가기 전에 한 가지만 물어볼게요. 당신이라면 어떻게 했겠어요? 당신이 사랑하는 여자가 어느 날부터 당신을 완전히 무시하기 시작한다면 어떻게 하실 건가요? 당신이 바람을 피우지도 않았고 그녀의 고양이를 창밖으로 내던지지도 않았는데 말이에요. 아니, 정말 다 괜찮았던 상황이라니까요. 어제까지만 해도 가지 캐서롤을 만들어주던 여자고 오늘 파티에서 당신과 의견이 맞지 않았을 뿐이에요. 당신은 사과하고 싶었지만 기회가 없어진 거죠. 왜냐하면 사랑하는 여자가 당신의 인생에서 휙 사라졌기 때문에요. 그녀의 옷이 여전히 당신 침실 안 의자 위에 걸쳐져 있고, 복도의 코트 걸이에는 그녀의 재킷과 목도리가 걸려 있고요. 그녀가 그날 아침 가지를 끓이던 냄비에는 물도 남아 있어요. 게다가 그녀가 당신의 휴대폰 충전기도 실수로 가져가 버린 상황이라면요. 그래서 나는 그녀에게 전화를 걸고 어찌된 상황인지 묻는 문자를 보내죠. 그러고 나서 또 문자를 보내고 또다시 보낸답니다. 네, 맞아요. 충전기를 돌려받기 위해서요. 이쯤이면 전화를 한 번 더 걸게 돼요. 몇 번 더 걸어본 다음에는 이튿날 다시 또 걸게 되겠죠? 그리고 친구 한 명, 아니 여러 명에게 그녀를 본 적이 있느냐고 전화를 걸어 물어볼 테고요. 인정하죠? 당신이라도 이 모든 걸 했을 거예요. 안 그래요? 하지만 이랬는데도 아무런 성과가 없다면요? 구 일 넘게 시간이 지나도록 어떤 연락도 없다면요? 우선 죄책감을 느끼고 사과하고 싶을 거예요. 낙담스럽기도 하고 화도 날 거고요. 참, 걱정도 될 거예요. 어쨌든 이런 행동은 완전히 그녀답지 못했거든요. 누군가 그녀를 가둬버렸는지도 몰라요. 아니면 당신이 사랑하는 여자가 막말로 미쳐버린 걸지도요. 어쩌면 스트레스나 수면 부족 때문에 환청이 들린다고 헛소리를 하면서 거리를 돌아다니고 있을 수도 있겠죠. 뭐가 어쨌든 그녀를 돕고 싶지만 그럴 수 있으려면 먼저 상황이 어떻게 돌아가고 있는지 파악부터 할 필요가 있잖아요. 그러니, 스티릭 씨, 이런 상황에서 당신이라면 어쩌시겠어요?

틀림없이 나처럼 똑같이 행동했을 거예요. 나와 마찬가지로 그녀의 사무실 밖 주차장에서 하염없이 그녀를 기다리게 됐을걸요. 내 말이 맞죠?

나는 일요일 저녁에 기다리는 걸 해봤어요. 그런데 그날은 시흐리트가 나타나지 않았어요. 정말 야간 근무조로 옮겼는지 의심이 갔죠. 일정 관리자와 짜고서 내가 근무하지 않는 날에 시흐리트를 끼워주는 식으로 정한 건 아닐까 싶었어요. 그날 오후에 나는 가장 늦게 사무실을 떠났어요. 일단 바깥으로 나가 우리 담장 위에 앉았죠. 습관이기도 했지만, 거기에서는 오가는 사람들이 훤히 잘 보였거든요. 야간 근무를 하러 오는 첫 무리가 주차장을 가로질러 줄줄이 들어오기 시작했어요. 다들 자동차를 타고 왔죠. 6시 30분경에 도착한 첫 버스에서도 한 무리의 사람들이 쏟아져 나왔고, 다들 끼리끼리 모여서 회사 출입문을 향해 걸어오고 있었어요. 저기 수하임이 보였어요. 곧바로 허리를 꼿꼿이 세우고 둘러봤지만 다른 사람은 전혀 알아볼 수가 없었어요.

야간 근무조라고 해서 주간에 일하는 우리보다 돈을 더 받지는 못했어요. 낮 동안 다른 직장을 다니는 사람들이거나, 수하임처럼 밤에 잠들기가 힘들어서 언제 일하든 상관없는 사람들이었죠. 해가 저물자 나는 외투의 지퍼를 끝까지 올렸어요. 주차된 자동차들도 어둠 속으로 사라졌어요.

익숙한 주차장이 서서히 어두워져가고, 낯선 얼굴들이 내가 다니던 길을 돌아다니는 것을 보자니, 뭔가 평행 세계에 있는 것 같은 위화감이 들었어요. 혹시 시흐리트는 이미 평행 우주 속으로 끌려들어가버린 건 아닐까요? 시흐리트는 야간 근무조에서 일하는 유일한 여자가 아니었어요. 다른 여자들이 지나가면서 통화하는 걸 봤거든요. 때때로 손목에 가방 여러 개를 걸고 다니는 여자들도 있었는데, 손목에 남을 가방끈 자국이 상상되기도 했어요. 그러다 갑자기 시흐리트가 지나간 것 같았어요. 가죽 재킷 차림에 날씬한 형체였는데 너무 빨리 지나가서 진짜 시흐리트인지는 확신할 수 없었죠. 그래서 더더욱 저녁 내내 계속 기다릴 수밖에 없었어요.

저녁 8시, 저녁 9시, 시간은 무심히 흘러갔어요. 사무동 주위를 맴돌긴 했지만 더 멀리는 나갈 엄두도 내지 못했죠. 휴식 시간에 시흐리트가 나올 수도 있었고, 저기 반짝이는 담뱃불이 시흐리트의 것일 수도 있었으니까요. 그동안 벽돌 부수기와 풍선 터뜨리기 같은 휴대폰 게임을 했어요. 이번에는 담장 위에 올라앉지 않고 좀 기댈 수 있게 담장을 등지고 앉았어요. 또 추위를 떨쳐내기 위해 제자리 팔 벌려 뛰기도 했어요. 그러는 동안 5층 창문에서 눈을 떼지 않았고요. 때때로 실루엣이 언뜻 스쳐 지나갈 때마다 시흐리트인가 싶었지만 이내 아니라는 결론에 도달했죠. 나의 시흐리트는 좀 더 날씬했고 키가 더 컸으며 어깨는 더 넓었거든요. 그러면서 속으로는 이렇게 쉽게 구별을 해내다니 시흐리트에 대한 내 애정이 얼마나 깊은지, 더 나아가서 그렇게 구별할 수 있다는 것이 내가 지금 하고 있는 행동이 얼마나 정당한지를 드러내는 증거인 것 같아 뿌듯했어요.

새벽 1시 30분 즈음이 되자, 첫 야간 근무자들이 건물 밖으로 조금씩 나왔어요. 나는 사람들 눈에 띌 정도로 현관에 가까이 다가가 섰어요. 로비의 불빛 덕분에 사람들의 얼굴을 자세히 보기 더 쉬웠거든요. 수하임이 나올 때는 깜짝 놀라 나를 알아보지 못하길 바라면서 고개를 푹 숙였어요. 이윽고 야간 근무조의 동료들이 주차장 밖으로 다 흩어졌어요. 아무도 말이 없었죠. 그때 가죽 재킷을 입은 여자가 나타났고 가슴이 요동치기 시작했어요. 거의 한눈에 시흐리트가 아닌 걸 알아채긴 했지만요. 사십오 분쯤 지나자 사람들의 물결이 끊기게 되었고, 내 몸에서도 아드레날린이 서서히 줄어들었어요. 시흐리트는 거기에 없었어요. 하지만 내일은 다를지 모른다는 생각이 들었죠. 어쨌든 나는 내일 비번이니까, 만약 시흐리트가 정말 나를 피하는 것이라면 내일 근무로 바꿨을 가능성이 크지 않겠어요?

나는 속으로 따져봤어요. 아침 근무조가 도착하려면 다섯 시간이 남은 상황이었어요. 사무동 문은 여전히 열려 있었고, 부품 창고에 가면 잡동사니들을 옆으로 좀 치워놓고 잠을 잘 수 있겠다 싶었죠. 몰래 숨어들어 위층으로 뛰어 올라가면 될 것 같았어요. 그런데 내가 채 결심도 하기 전에 경비원이 일기장 자물쇠 열쇠 같은 자그마한 열쇠를 들고 나오더니 현관문을 잠가버렸어요. 칠흑같이 어두운 주차장에 덩그러니 홀로 남게 된 거죠. 결국 몸을 덜덜 떨면서 우리 담장까지 걸어갔어요. 저기 뒤에 누울 수 있을까 하는 의문이 들었어요. 일단 드러눕자, 외투를 입었는데도 거친 바닥이 고스란히 느껴졌어요. 나는 침대에서 잘 때처럼 한쪽 다리를 끌어당겼죠. 바닥이 차고 딱딱했지만 나지막한 담장이 바람막이 역할을 톡톡히 해줬어요. 이렇게 바람이 좀 막히자 어둠만이 조용히 내려앉아서 기분이 차분해졌어요. 어둠 속에서는 언제나 보호받는다는 느낌이 들곤 했어요. 어둠이 괴물을 숨겨준다기보다는 괴물을 삼켜버리는 것 같았거든요. 나는 눈을 감고 해가 떠오를 때까지 거기에 누워 있는 걸 상상해봤어요. 그대로 거기에 있을 수도 있었는데. 택시를 타고 집으로 돌아오면서도 아쉬움이 남긴 했어요.

이튿날 5시 30분에 또다시 담장 옆에 자리를 잡았어요.

전날 밤처럼 담장을 등지고 앉았고, 이번에는 준비를 단단히 해왔죠. 바나나와 엄마 목도리를 챙겨왔거든요. 그런데 겨우 한 시간이 지나자 시흐리트가 모습을 드러냈어요. 시흐리트를 보자마자 가슴이 옥죄듯 철렁했어요. 정말로 나를 피하려고 근무 시간을 바꾸었던 거예요.

내가 다가가자 시흐리트가 움찔하는 게 보였어요. "젠장." 시흐리트는 욕설을 크게 내뱉으며 주차장 한복판에서 얼어붙었어요. 나는 손을 들어 인사했고 잠시 후 우리는 서로를 마주보며 가만히 대치하듯 서 있게 되었어요. 시흐리트는 마치 마약상이 경찰의 눈을 피하려는 듯이 사무동 쪽으로 고갯짓을 하더니 그 방향으로 걸어가기 시작했어요.

"뭐 하는 짓이야?" 시흐리트가 따져 물었어요. 이제 우리는 사무동 바로 옆에 서 있었어요. 어젯밤에 내가 지켜보던 현관 자리에서 그리 멀지 않은 곳이었죠.

"왜 그렇게 화가 났어?" 내가 물었어요.

"이건 협박 같은 짓이니까." 시흐리트가 답을 하면서 마치 내 손에 작은 봉투라도 쥐여줄 것처럼 주위를 힐끔거렸어요. "너 지금 날 스토킹하고 있잖아. 하루에 서른 번이나 전화를 걸고 말이야." 시흐리트의 작게 힐난하는 목소리에 나는 혼란스러워졌어요. "그럴 의도가 아니었어. 내가 하고 싶은 말은 왜 나를 피하느냐는 거였다고."

"아, 그래서 지금 스토킹하고 있다는 건 인정하는 거지? 너 어젯밤에도 여기 있었다고 수하임이 다 말해줬거든." 시흐리트가 강하게 고개를 끄덕이며 추궁했어요.

"그래, 널 찾고 있었어. 얘기를 하고 싶었을 뿐이야."

"그러면 그냥 만나자고 물어보지 그랬어?"

"그치만 내 문자를 씹었잖아."

"넌 모르는구나."

"뭘?"

"네가 그렇게 물었으면 내가 당연히 무시했을 거라는 걸."

스티틱 씨, 시흐리트는 정말 구제불능이었어요. 나는 화가 난다기보다 그냥 무서웠어요. 나의 사랑스럽고 정 많은 시흐리트가 저기 그냥 딱 서서 팔짱을 낀 채 나를 노려보고 있었으니까요. 이런 상황에 놓이고 보니 고등학교 시절이 어렴풋이 떠올랐어요. 그 시절 내내 나는 키티와 샤

니스에게 내 가방이나 스케이트보드를 빼앗겼는데, 내가 선생님 옆에서 그 애들에게 따지면 그 애들은 "어머, 돌려달라고 그냥 말하지 그랬니?"라고 되물었죠. 그때 나는 무기력함이 분노와 함께 뒤엉켜서 키티의 목걸이에 달려 있던 장미 모양 석영을 확 잡아채 키티의 목구멍 속으로 쑤셔 넣고 싶었어요. 하지만 지금은 시흐리트가 비슷하게 어이없는 행동을 보이는데도 무섭고 당황스럽기만 할 뿐이었어요. 잠시나마 내가 또 함정에 걸려든 건 아닐까 의심스러웠죠. 시흐리트와 사귀게 된 모든 상황이 다 거짓이었고, 처음부터 담장 위 친구들과 내기를 건 것일지도 몰랐어요. 시흐리트가 담장을 향해 걸어오는 나를 보자마자 '진짜 자기가 예쁘다고 믿을지 한번 보자고' 하면서요.

시흐리트는 팔짱을 풀고 내가 읽어낼 수 없는 어조로 입을 열었어요. "좋아, 얘기해봐." 혹시 나를 화나게 하려는 걸까요?

"미안해." 나는 황급히 사과의 말부터 꺼냈어요.

"정확히 뭐가 미안한데?" 시흐리트가 물었어요. 나는 이상한 질문이다 싶었지만 대화의 흐름에 따를 수밖에 없었죠. 마치 이미 새우를 삼켰는데 맛이 이상하다는 걸 눈치 챘을 때처럼 말이에요. "미안해, 내가 너무 흥분해서. 네가 홀로코스트에 대한 말을 할 때…" 나는 최대한 에둘러 표현하려고 단어를 고르고 골랐어요. 하지만 '홀로코스트'라는 단어에 시호리트가 고개를 절레절레 흔들기 시작했어요. "너 아무것도 모르는구나? 진짜 모른다고."

나는 시호리트가 다음에 이어 한 말에 충격을 받았어요. 아니, 솔직히 말하자면 완전히 무너졌어요. 틀림없이 시호리트는 내가 내팽개쳐진 기분이라는 걸 알아챘을 거예요. 며칠 후 좀 더 자세히 상황을 설명하는 이메일을 보내왔지만, 즉시 삭제하고 말았죠. 쓰러져 있는 나를 다시 발로 차려는 건지, 나를 이해시키고 싶어서인지는 모르겠지만, 바지에 남은 생리 얼룩을 지우려고 열심히 문지르듯이 힘차게 삭제 버튼을 눌렀어요. 그러고 나서 우리가 마지막으로 대화하던 장면을 떠올렸어요. 지금 내 기억이 제대로인지, 이메일의 내용과 섞였는지 잘 구분이 안 되지만, 어쨌든 그게 중요한 건 아니니까요. 시호리트가 주장하는 바는 이랬어요.

언제나 나와 똑같은 걸 원했던 건 아니었대요. 내게 말하려고 했지만 내가 듣지 않았다나요? 내가 계속해서 선을 넘었고, 시흐리트를 믿지 않았으며, 완전히 강박증 환자 같았대요. 네, 나한테 겁을 먹었다고 하더라고요. 어떻게 이렇게 나와 헤어지는 방법을 잘 알 수 있었을까요?

네가 얼마나 고압적인 줄 알아? 너만 모든 걸 다 아는 것처럼 행동하지.

피트도 내가 하는 얘길 듣더니 완전 소름 끼쳐하더라.

내가 지금 섹스하고 싶은 기분이 아니라고 말하지 않았어? 그러면 넌 바로 내 옆에서 자위를 했어.

이걸 봐, 케일리. 이 화면을 보라고!

"충격적인 이미지에 대한 장기적인 노출로 인한 2차 트라우마는 우울증과 불안, 강박적 사고를 유발할 수 있습니다." 스티틱 씨, 당신이 배포한 언론 보도 자료에 이렇게 쓰여 있었던가요? 그건 의심할 여지도 없이 들어맞는 말이었어요. 하지만 시흐리트와 나의 경우를 생각하면 우리 중 누가 강박적 사고를 하고 있었는지 잘 모르겠어요. 나로서는 정말 시흐리트를 믿었다고 말하고 싶어요. 그 화요일 오후에 부품 창고에서 왼쪽 선반에 휴대폰을 세워두는 것도 내버려둘 정도였으니까요.

"아주 좋은 생각이야"라고까지 말한 게 기억나네요.

이런 게 신뢰 부족이라고는 말할 수 없는 거 아닌가요? 아니, 믿을 수 없을 정도로 순진했다고는 말할 수 있겠네요. 우리가 마지막으로 사무동 앞에 서 있었을 때, 시흐리트가 주머니에서 휴대폰을 꺼냈거든요.

"이걸 봐, 케일리. 이 화면을 보라고!"

"그게 뭔데?"

"우리야."

나는 보긴 했지만 화면의 반사빛 때문에 흐릿한 형체가 누구인지 파악하기가 힘들었어요. 시흐리트가 볼륨을 키우고 엄지와 검지로 화면을 확대했죠.

"뭐가 보이는지 말해봐."

"네가 너와 나라고 했잖아."

"그러면, 네 눈엔 이게 정상으로 보여?"

"뭐가 이상한지 모르겠는데?"

"정말? 내가 말하는 걸 들어봐."

시흐리트가 마구잡이로 내 귀에 휴대폰을 밀어댔어요.

"그만해, 안 들려."

"세상에, 케일리."

시흐리트가 휴대폰을 내리고 영상을 다시 재생시켰어요.

"이게 일이라고 생각해봐. 근무 중에 이걸 봤다고 치자. 어떻게 할래? 그냥 놔둘 거야, 내릴 거야?"

"아, 제발."

"아니, 난 심각해. 이건 일이야. 뭐가 보여?"

"아무것도 안 보여."

"말해봐."

"성적 콘텐츠. 여성의 유륜도 생식기도 안 보이니까 그냥 놔둘 거야." 나는 재빨리 대답했어요.

"그래? 그럼, 이건 어때?"

시흐리트가 화면의 어떤 곳을 가리켰어요.

"질식 성애, 눈에 띄는 멍이나 상처 없음. 결론, 그냥 내버려둠."

"강압성은 어때?"

"강압성은 없으니까 그냥 놔둬야지."

"아니, 제발. 케일리, 내가 하는 말을 들어봐. 그냥 들어보라고!"

시흐리트가 또다시 내 귀에 차가운 휴대폰을 들이밀려고 하는 찰나에, 수하임과 루이스가 건물 밖으로 걸어 나왔어요. 아까 시흐리트 바로 뒤에서 따라오다가 내가 다가오는 걸 보자마자 로비에 숨어 있었던 건 아닌지 의심스러웠어요. 뭐, 걱정이 되었거나 죽을 놈의 호기심이 발동한 거였겠죠. 나는 후자이길 간절히 바랐어요.

"괜찮은 거야?" 수하임이 물었어요. 나는 시흐리트가 휴대폰을 내릴 거라고 생각했지만 그러지 않았어요. 오히려 루이스에게 건네주었죠. "이게 일이라면 이 게시물을 내버려둘 거야?" 시흐리트가 물었어요.

수하임과 루이스는 화면을 꼼꼼히 들여다보았어요. "왼쪽 사람이 뭐라고 말하고 있는 거지?" 수하임이 물었어요. "싫다고 머리를 흔드는 게 보이지만 뭐라고 하는 거야?" 수하임이 휴대폰을 막 귀에 갖다대려고 하는데 루이스가 팔을 붙잡았어요. "잠깐, 제기랄, 이건 너희잖아!"

그때 나는 이미 돌아서고 있었어요. 마지막으로 주차장을 가로질렀죠. 운동복의 후드를 푹 뒤집어쓴 채 시흐리트의 고함 소리가 안 들리는 척하면서요.

그 마지막 저녁을 뒤로하고 며칠이 지나는 동안, 나는 수치심을 참지 못해 난데없이 스스로 얼굴을 치곤 했어요. 자동차경주 선수가 위험한 상황에 부닥치게 되는 영화를 보다가도 그 기억이 떠오르면 뺨에 붉은 자국이 남도록 찰싹 때렸죠. 아니면, 빌어먹을 멍청이처럼 포르노를 보려다가도 거의 모든 장면에서 찰싹, 찰싹, 찰싹, 내 뺨을 때릴 수밖에 없었어요. 헥사로 돌아가려고 몇 번이나 알람을 맞춰놓긴 했지만 한 번도 가지 못했죠.

그 이후로 시흐리트를 다시 만나거나 말을 나눠본 적은 없었어요. 수하임이나 로베르트, 루이스, 쿄도 못 만났고요. 하지만 꽤 오랫동안 다 괜찮아질 거라는 희망을 놓지 않았어요. 시흐리트와 다시 우연히 마주쳐서 친구가 되는 걸 바라고 있죠. 혹시 또 누가 알아요? 친구 이상의 관계로 되돌아갈 수 있을는지 말이에요.

스티틱 씨, 나는 이미 계획도 세워두었답니다.

'노 모나리자, 모건 프리먼, 초콜릿'이라고 하면 아시려나요?

노나의 부모님 집까지는 메러딧 이모의 오래된 뷰익 자동차로 네 시간이 걸렸어요.(이때쯤 나는 수개월 동안 무슨 일을 했는지 이모에게 이미 털어놓은 후였어요. 물론 그만둔 이유에 대해서는 거짓말을 했지만요. 그냥 더 이상 감당할 수 없었다고만 말했더니, 이모는 아무 말도 묻지 않고 주말 바닷가 여행에 자동차를 빌려주었어요. '바닷가에서 머리를 식힐 수 있을 것 같다'고 했는데, 네, 그 말도 맞죠.)

그 집은 중간 규모 도시의 교외에 자리 잡은 한적한 시골집이었어요. 노나가 어린 시절에 한 일은 올챙이 잡기와

조랑말 타기가 거의 전부였을 것 같았어요. 나는 그 집을 살짝 지나쳐 길가에 주차를 했어요. 금요일 밤마다 노나가 버스를 타고 시내로 나가는 장면이 눈에 선했어요. 노나가 시내에서 여지없이 맞닥뜨리게 되었을 설탕 범벅의 파인애플 칵테일과 느끼한 남자애들한테 매력을 느꼈을지 궁금했어요.

때는 9월 하순의 평일 오후 6시였어요. 노나의 부모님이 집에 있을 거라고 생각했죠. 자동차 안에서 뭐라고 말할지 열심히 연습도 했어요. 노나의 마지막 생방송을 본 사람의 친구라며 (당연히 감수자가 아니라 일반인인 척해야겠죠) 내 친구가 실시간 방송을 보면서도 어떻게 할 줄을 몰라 가만히 있었던 게 후회가 돼서 밤에 잠도 못 잔다고, 혹시 내 친구에게 그녀 탓이 아니라고 해주실 수는 없으신지 물어보려고 했죠. 어쩌면 내 요구를 무례하다고 여길지도 몰랐어요. 최악의 시나리오는 노나의 부모님에게 쫓겨나는 것이었고, 최상의 시나리오는 내 '선한 친구'에게 용서의 말을 해주는 것이었어요. 그러면 나는 시흐리트를 만나 카푸치노를 사이에 두고 손을 잡은 채 그 면죄부를 전해줄 수 있을 거 아니에요? 노나 부모님의 서명이 담긴 쪽지라면 괜찮지 않겠어요? 설사 시흐리트가 손을 빼더라도 적어도 내 성의는 알아줄 테고, 내 의도가 나쁘지 않았다는 걸 알아주는 것만으로도 만족하니까요.

복도의 불이 켜져 있어서 초인종을 눌렀지만 아무 반응이 없었어요. 다시 초인종을 눌렀죠. 아무 소리도, 놀라서 웅얼거리는 소리조차 없었어요. 나는 앞뜰로 들어가서 거실 창문을 힐끔 들여다보았어요. 베이지색 커튼이 쳐져 있었고, 안에 불빛이라고는 도둑 방지용으로 켜놓은 희미한 탁상용 스탠드 하나뿐인 것 같았어요. 집 주위를 둘러보았는데, 잔디가 아무렇게나 자라 있는 걸 보니 노나의 부모님은 휴가를 떠난 모양이었어요. 아니면 가족들과 함께 슬픔을 달래고 있는지도 모를 일이었어요. 여전히 똑같은 환경에서 살기가 견딜 수 없었는지도요. 노나가 저기 앉아 있는 게 눈에 선할 테고, 뒤뜰에서 그네 타는 모습도 여전히 보이겠죠. 저기 일광욕실에서는 여전히 노나의 웃음소리가 울릴 테고요. 그러다 저기가 노나의 침실 창문인지 궁금해졌죠.

현관문과 일광욕실 문은 모두 잠겨 있었지만, 건물의 오른쪽에 난 나무 문이 녹색 비닐로 덮인 채 썩어가고 있었어요. 나는 문손잡이를 잡고 흔들어보다가 문 아래쪽을 힘껏 찼어요. 어떻게 됐겠어요? 끼익거리는 소리와 함께 문이 활짝 열렸죠. 그 삐걱거리는 소리가 문이 아니었다면 놀람이나 분노를 표현하는 소리처럼 들릴 수도 있었겠다 싶었어요.

어느 순간 나는 주방으로 이어지는 조그마한 공간에 들어서 있었어요. 주방에는 은촛대가 늘어선 아침 식탁이 놓여 있었는데, 전에 전화 상담을 했던 온라인 가구점에서 이 식탁을 팔았죠. 보기보다 꽤 비쌌던 걸로 기억해요.

계단 옆에는 사진 액자들이 쭉 걸려 있었어요. 멋들어진 목재 기저귀대 위에 누운 아기 노나, 바닷가에서 행복하게 노니는 걸음마쟁이 노나, 낙타 위로 기어오르는 어린이 노나 등등. 밝기도 좋았고, 자연스러운 순간을 포착도 잘한 사진들이었어요. 아마 노나의 부모님이 순간을 잘 포착하는 요령이 있거나, 노나가 자연스러운 자세를 연출할 줄 아는 아이였겠죠. 계단을 올라갈수록 벽에 걸린 액자

수는 점점 줄어들었어요. 분명히 노나가 커가면서 다음에 찍을 사진을 위해 남겨둔 공간이었을 거예요. 이제 다시는 여기에 걸릴 사진이 없을 거라는 사실에 생각이 미치자, 갑자기 하얀 벽이 일 분간의 묵념을 형상화한 것처럼 침통해 보였어요. 그 벽을 지나쳐 올라가는 동안 거의 숨도 내뱉지 못했죠.

위층에는 문이 네 개 있었어요. 첫 번째 문은 화장실 문으로 열려 있었고, 두 번째 문은 노나의 침실 문이었어요. 나는 전등을 켰어요. 노나의 침대 위에는 꽃도 카드도 없었어요. 밝은 청색 이불이 아무렇게나 내팽개쳐져 있었죠. 노나의 부모님은 틀림없이 이 방을 그 끔찍한 날 발견한 상태 그대로 두고 싶었을 거예요. 오른쪽 벽에 붙은 책상으로 가보니, 노나가 놓아둔 사진 액자들이 눈에 띄었어요. 노나의 사진 액자는 부모님 것보다 훨씬 더 색상이 다양했어요. 골동품 그림 액자와 비슷하게 만들어진 자줏빛 액자도 있었고, 분홍색 인조 모피로 만든 액자도 두 개 있었어요. 나비 떼가 새겨진 액자 속에는 노나가 친구들과 찍은 사진이 여럿 담겨 있었어요. 다들 혀를 빼문 채 홍조를 띤 얼굴이었죠. 놀이공원의 성 앞에서 찍은 노나의 독사진도 있었는데, 다른 사진에서보다 훨씬 더 말라 보였어요. 나는 이 나비 떼가 새겨진 액자를 집어 들고 눈앞으로 가져왔어요. 내가 본 게 뭐였을까요?

노나는 입술을 꾹 다문 채 미소 짓고 있었어요. 계단 벽에 걸려 있는 사진과는 너무 달랐죠. 약간 어른 같은 자세를 취하고 있어서 발랄한 배경과는 엄청 대조적이었어요. 머리 뒤에서는 금방이라도 분홍빛 작은 탑들이 튀어나올 것만 같았거든요. 노나는 스커트에 납작한 배가 다 보이는 딱 붙는 탱크톱 차림이었어요. 그런데 팔에 상처들은 어디 긁힌 자국이었을까요? 무릎뼈도 너무 말라서 툭 튀어나온 것 같았어요. 햇빛에 더 자세히 비춰보려고 창가로 다가갔어요. 화질이 좋지 않았어요. 휴대폰으로 찍어서 확대한 게 틀림없었죠. 화소 자리가 드문드문 눈에 보일 정도였으니까요.

아래층에서 열쇠 다발이 짤랑거리는 소리가 들려왔어요. 복도에서 발소리가 나더니, 피곤에 지친 여자 목소리와 달래는 듯한 남자 목소리가 같이 들렸어요. 갑자기 보안 카메라의 거친 화면에 잡힌 내 모습이 머릿속에 그려졌어요. 여기, 노나의 침실 창가에 내가 서 있어요. 바로 내 얼굴 옆에 핼쑥하게 푹 파인 볼과 창백한 손목을 지닌 십대의 초상화가 걸려 있고요. 별안간 '도대체 지금 내가 뭔 짓을 하고 있는 거지?'라고 생각했던 게 기억나네요.

참고 자료

이 소설은 허구이며 등장인물과 그들의 경험은 창작의 산물이다. 하지만 소설의 내용이 현실과 유사한 것은 우연이 아니다. 나는 전 세계 상업용 콘텐츠 감수자들의 근무 환경을 조사하면서 다음과 같은 책, 연구, 다큐멘터리, 기사 등을 활용했다. 이 주제에 대해 더 알고 싶은 분들에게 다음의 자료들을 권한다.

The Cleaners, Hans Block, Moritz Riesewieck (regie) (2018, gebrueder beetz filmproduktion, e.a.)

The Moderators, Ciaran Cassidy, Adrian Chen (regie) (2017, Field of Vision)

De achterkant van Facebook, 8 maanden in de hel, Sjarrel de Charon (2019, Prometheus)

'The Laborers Who Keep Dick Pics and Beheadings Out of Your Facebook Feed', Adrian Chen (2014, *Wired*)

'Content Moderator Sues Facebook, Says Job Gave Her PTSD', Joseph Cox (2018, *Vice Motherboard*)

'De hel achter de façade van Facebook', Maartje Duin, Tom

Kreling, Huib Modderkolk (2018, *de Volkskrant*)

'Bestiality, Stabbings, and Child Porn: Why Facebook Moderators Are Suing the Company for Trauma', David Gilbert (2019, *Vice News*)

Custodians of the Internet: Platforms, Content Moderation, and the Hidden Decisions that Shape Social Media, Tarleton Gillespie (2018, Yale University Press)

'Revealed: catastrophic effects of working as a Facebook moderator', Alex Hern (2019, *The Guardian*)

'Facebook files', Nick Hopkins, Olivia Solon, e.a. (2017, *The Guardian*)

'The Trauma Floor, The secret lives of Facebook moderators in America', Casey Newton (2019, *The Verge*)

'The Terror Queue, These moderators help keep Google and YouTube free of violent extremism – and now some of them have PTSD', Casey Newton (2019, *The Verge*)

Behind the Screen, Content Moderation in the Shadows of Social Media, Sarah T. Roberts (2019, Yale University Press)

우리가 본 것

초판 발행 2024년 7월 1일

지은이 하나 베르부츠
옮긴이 유수아
펴낸이 김정순
책임편집 허정은
편집 허영수
마케팅 이보민 양혜림 손아영

펴낸곳 (주)북하우스 퍼블리셔스
출판등록 1997년 9월 23일 제406-2003-055호
주소 04043 서울시 마포구 양화로 12길 16-9(서교동 북앤빌딩)
전자우편 editor@bookhouse.co.kr
홈페이지 www.bookhouse.co.kr
전화번호 02-3144-3123
팩스 02-3144-3121

ISBN 979-11-6405-253-0 03850